主编 / 凌翔

当代作家精品 • 散文卷

# 剪一段烟花岁月，与你好梦一场

乔燕 著

文化发展出版社
Cultural Development Press

**图书在版编目（CIP）数据**

剪一段烟花岁月，与你好梦一场 / 乔燕著．— 北京：文化发展出版社，2020.11

ISBN 978-7-5142-3243-1

Ⅰ．①剪… Ⅱ．①乔… Ⅲ．①散文集－中国－当代 Ⅳ．①I267

中国版本图书馆 CIP 数据核字（2020）第 203127 号

**剪一段烟花岁月，与你好梦一场**

乔燕 著

**责任编辑**：孙烨

**出版发行**：文化发展出版社（北京市翠微路 2 号 邮编：100036）

**网　　址**：www.wenhuafazhan.com

**经　　销**：各地新华书店

**印　　刷**：三河市龙大印装有限公司

**开　　本**：710mm×1000mm 1/16

**字　　数**：189 千字

**印　　张**：13.5

**印　　次**：2021 年 3 月第 1 版　　2021 年 3 月第 1 次印刷

**定　　价**：59.80 元

**I S B N**：978-7-5142-3243-1

# 序

能够把自己三年来写下的文字集结出版，我很幸运，当我敲下最后一个字的时候，幸福得想要流泪。

红尘浮沉半生的经历和感受，都记录在了这本书里。这些文字原本是自我的疗愈，是深情的私语，是遗忘在岁月深处的时光。就像散落在时空里的白色羽毛，我把它们一一拾起，收集成一束，它便瞬间散发出光芒，汇聚成一束光，穿透生命的雾霭。

在漫长的人生路上，在岁月流光之中，采撷下最温柔的时光，记录下最感动的瞬间。回过头你会发现，原来生活是一部没有结局的电影，在光影的流转之中，我们演绎了属于自己的人生故事。

三年前的一些文字，稍显稚嫩，不够成熟，但那是当时最真实的自己。也许这些文字并不华丽也不深刻，但是真诚。这份真诚来自对文字的热爱和对生命的敬畏。

把所有过往，用文字酿成一杯美酒，醉了自己，也醉了年华。人生的万般滋味，是一杯将醉未醉的酒，半梦半醒之间，时光飞逝。

青梅煮酒，竹林听雨，月下赏花，醉笑陪君三千场，不诉离殇。

花开花落，云卷云舒，宠辱不惊，看尽世间三千繁华，一世烟雨。

红尘烟火中，爱是一颗种子，在心底犹如青莲盛开，那一朵莲花的幽香，徐徐渗透生命，诉说着爱与感恩。生命短暂，而爱无穷尽。感恩生命中的每一次相逢，感恩人生路途中的一路陪伴，感恩这不老的时光，感恩文字带给我们的美好和感动。

就把这本书当作一个老朋友吧，在这流水般易逝的时光里，听我用文字唱一首老歌，缓缓流淌进你的心间。在月朗星稀的孤寂的夜晚，或是雨声嘀嗒的无眠之夜，让这些文字陪伴着你，向你诉说那些光影背后的故事，那些逝去的美好时光，那些深深浅浅的感动。

当你读到我的文字，这是你我在时光的荒野中，在红尘深处的相遇，既是偶然也是注定。

佛歌《红尘归宿》里是这样唱的："再回首，岁月荒凉又无助，世间情，风吹诺言成陌路。光明际，流光转，剪一段烟花岁月，终究是梦一场……"

在这苍茫的人世间，人生如绚烂的烟花，浮华烟云稍纵即逝。纵然人生是一场大梦，但是我却依然想要剪一段烟花岁月，与你好梦一场。

乔 燕

2020.1.10

# 目 录

## 第二辑　酿一杯美酒，醉了年华　/ 51

# 第一辑

# 浮生若梦，锦瑟流年

# 让生命开出灿烂的花朵

我相信每一个生命，都有盛开的时候，我们要静待花开。而我生命的花期，是从爱上文字之后开始的。

爱文字的人，都有一颗敏感细腻的内心，看似柔弱实则坚强。我会因为看到一朵花的盛开，看到一片落叶的凋零，听到一句歌词而莫名触动，心的堤岸溃成一片汪洋；也会因为遍阅书籍，在知识中汲取智慧和力量，从而变得从容豁达，不在乎得失不计较名利，活得通透从容。

读师范的时候，很多同学忙着谈恋爱，忙着追逐花前月下的浪漫，而我，泡在了学校的大图书馆里，沉浸在小说虚幻的世界中，自得其乐。收到的情书，都当作批改作文，以鉴赏语句、挑错别字为乐趣。

那个时候，除了阅读大部头的中外名著以外，迷上了三毛温暖清新充满浪漫色彩的文字。少女的心事，密密麻麻记满了一本本日记本，少女的梦想也藏在了文字里，梦想自己有一天也能一根笔杆闯天涯，看尽世间繁华，写尽人世悲欢。

可是，梦想照不进现实。

那时候，写了一些伤春悲秋的小诗，刊登自己诗文的那本书，一直珍藏到现在。参加工作以后，朋友们忙着结婚生子，完成人生大事，而我，在深夜的台灯下复习功课自学考试，闲暇之余遍阅三毛的所有书籍，成了我最大的乐趣。生活中努力工作，深夜的灵魂依旧向往三毛那样浪迹天涯的自由。

文字的梦想，像一颗种子，深埋在了心底。

后来，结婚生子，有了孩子以后，日子变得兵荒马乱起来。生活中除了工作就是孩子，再加上家务琐事已经让人疲于应付，那支笔一放下就是很多年。

偶尔，心里会有一丝惆怅，深夜省视自己，心头回响着北岛的那首诗：

那时我们有梦，关于文学，关于爱情，关于穿越世界的旅行。

如今我们深夜饮酒，杯子碰到一起，都是梦破碎的声音。

重新提起笔的日子我记得很清楚，2017 年 5 月 19 日我在简书上发布了第一篇文章，从此开始了重拾梦想的日子。

真正使我重新提起笔，是因为曾经的一场重病。当我被迫慢下生活的脚步回望自己的人生时，我有些迷茫。如果有一天意外来临，生命就如流星划过天空，不会留下任何痕迹，生命似乎没有任何意义。

有很多话想对孩子说，可是年幼的儿子不会明白妈妈想要说的话；有很多话想对父母说，可是再多的语言都太过苍白；有很多话想对爱人说，可是深情难诉，纸短情长。于是把想要说的话诉诸笔端，记录孩子成长的点滴，记录生活的悲喜，记录爱的感动，记录黑夜的漫长和生活的美好。

当我们遭遇不幸和意外的时候，我们常常会问，为什么是我？我也曾经这样问过自己，但是，后来我明白所有的遭遇都是命运的馈赠。哪怕这份命运的礼物包裹着丑陋的外衣，你最终会发现，当你失去，也会得到。

疾病和挫折会让人看明白很多东西，那是一种洗礼，一种历练，能让人从浑浑噩噩中惊醒过来，从生活的琐事中抽出身来，看清自己真正想要的是什么，让你懂得什么是生命中最重要的，让人的认知更加深刻，生命得到升华。

如果说，一场疾病让我重拾了真正的快乐，你一定不会相信。虽然身在红尘俗世里，难以达到“不以物喜不以己悲”的境界，但是我学会了放下执念，放下即心安，放下即自在。

重回文字的世界，我发现文字有着超乎想像的魔力，在阅读和书写的过程中，我不仅用文字疗愈了自己，也深深醉心于文学，拿起笔就再也停不下来。在阅读和写作中，我获得了内心的平静和喜乐。

有个文友说过这样一句话：想写一本书，可以让自己换个方式永远活在这个世界上。这句话一下子击中了我的心，让我有了写下去的动力和目标。当我们的生命如流星般滑落，还有一些东西能够告诉这个世界，我曾经来过。

第八届冰心文学奖获奖者齐亚蓉老师是我很欣赏的一个作者，她曾经这样对我说：写作不为名不为利，让自己更精致更美丽，这辈子就值了。

被称为“陕西三毛”的励志作家沉香红也曾经这样说：文能养心，文学是可以修身养性的。腹有诗书气自华，别相信那些高档护肤品能保养女人，内心充满诗情画意的人，自然会优雅迷人。

是的，让自己由内而外散发光彩，也让生命更有意义，这就是写作的意义。

三毛曾说：“读书多了，容颜自然改变，许多时候，自己可能以为许多看过的书籍都成过眼烟云，不复记忆，其实它们仍是潜在气质里、在谈吐上、在胸襟的无涯，当然也可能显露在生活和文字中。”

作为资深的三毛迷，我深以为然。在写作这条路上，在这个做什么事情都与金钱挂钩的现实社会，我也曾怀疑过自己，也曾动摇过，在面对“你整天埋头写，挣了多少钱？”这样的质疑时，我无以辩驳。

但是，写作和阅读所赐予我的那些智慧和力量，岂能一言以蔽之，又岂是金钱能够衡量的呢？

文字犹如一面明镜，能照见你灵魂的污浊与不堪；文字犹如清泉，能洗涤岁月的风尘，让一颗如玉的心，更加清澈透明；文字犹如滋润心田的甘霖，能让干涸的内心重新焕发生机，文字会给予你不期而遇的美好和感动。

文字于我，既是疗愈又是救赎。

如果这些从我心底流出的文字，也能流进读者的心里，给大家带来些许的温暖和感悟；如果这些曾经像一束光照亮我人生阴霾的文字，也能照进读者的心房，给大家带来希望和力量，那就是我写作的意义，也是我此生的福报。

生命并不完美，幸福也会有残缺，但是这并不妨碍我们让生命开出灿烂的花朵。

愿你在寂静的深夜，读我的文字的时候，能听见花开的声音。

愿你也能听见，自己内心深处花开的声音。

# 剪一段烟花岁月，与你好梦一场

## 1.

暮色中的城市，车水马龙，霓虹闪烁。

我站在天桥上，看川流不息的车辆，看行色匆匆的人们，忽然之间生出“红尘万丈，不知归处”之感，对这座熟悉的城市感觉出些许陌生，心里涌出莫名的情愫。有世事沧桑的感慨，也有时光易逝的无奈，更多的是心里怀揣的温暖和感恩。

耳机里单曲循环着毛不易的歌：

一杯敬朝阳

一杯敬月光

唤醒我的向往

温柔了寒窗

于是可以不回头地

逆风飞翔

不怕心头有雨

眼底有霜……

人生数十载，风里雨里打滚，红尘万丈浮沉，纵然心头有雨，眼底有霜，依然要逆风飞翔。

在这个隆冬时节，在熙熙攘攘的人群中，我忽然泪湿眼眶。

人生就如大梦一场，而自己此刻就如梦中人，不知今夕何夕，身处何处。

原以为，人到中年，内心多了淡然和清醒，变得宠辱不惊，安之若素。谁知道，心依然如一汪清泉，波澜微兴，便溢出眼角。

## 2.

又是一年接近尾声，时光如流水，拂去了漂浮在水上的琐碎纷扰，沉淀下来的是时光带不走的岁月的馈赠。

有一些瞬间，属于温暖和感动。

一月十五日是我和老顽童结婚十五周年纪念日，一家人去吃了一顿海鲜大餐。手机相册里一张是十五年前谈恋爱时美貌少女和英俊少年，一张是十五年后眼角有了岁月痕迹的中年女人和身材发福了的大叔，不同的是，中间多了一个有着暖心笑容的帅小子。

十五年了，时光如白驹过隙，还没有好好年轻过，就要老了；还没有好好爱过，就成了老夫老妻了。还有很多想一起做的事情，还没有来得及去做，还有很多想说的话，还没有来得及去说，我们就已步入不惑之年。

十五年了，有过很多幸福的时光，也有偶尔的争吵，有过白手起家的同甘共苦，也有在命运的风口浪尖相依为命的时刻，更有过尽千帆的释然和踏实。

这就是中年人的感情吧，有细水长流的平淡，有历尽沧桑的相濡以沫，也有时间沉淀后的懂得和默契。

哪怕生活中，充斥着柴米油盐，鸡毛蒜皮。但是，在疲惫奔忙的生活中，也有些感动的片刻，值得我们铭记心间，用以抵抗岁月的风沙。

有一些画面，属于陪伴和感恩。

儿子十岁了，带给我无数的快乐和感动。我们一起去方山堆雪人，打雪仗。飘雪的日子，因为儿子的笑声变得不那么寒冷，呵气成霜的日子，也因为儿子的笑容而温暖。

我们到泰国旅游，儿子用仅有的一点点英语词汇加上手语和外国人交流，帮着提行李，照顾年幼的小弟弟。不知不觉中，儿子已经渐渐羽翼丰满，成了能照顾人的小暖男。

陪着孩子学习，和他头挨着头搭乐高玩具，陪着他弹钢琴，陪着他练跆拳道，一幅幅画面都定格在了记忆里，这是孩子成长的步伐，也是我最珍贵的记忆。

那个当初软软糯糯抱在怀里的小肉蛋，如今成了骑着自行车飞驰的追风少年，成了梗着脖子对我说不的臭小子，成了篮球场上生龙活虎的帅小伙。

见证生命的成长，真是一种令人感动的奇迹。

## 3.

有一种友情，叫时光不老，我们不散。

都说人生的路途上，朋友总是一路走一路丢，真正走到最后的所剩无几。但是，也有一种友情，一直就在那里，你走过再远的路，回过头，她们依然在原地等你。

相册里，笑颜如花的女人们，相伴走过了半生时光，即使渐渐老去，依旧笑对春风。

纵然生活在婚姻围城中的女人，琐事缠身，不得空闲。但是，闺密们也会隔三差五小聚，吐槽一下生活，探讨一下保养秘籍，八卦一下花边新闻。偶尔小酌一杯，闲话家常一番，生活的烦恼和压力就在笑声中释放。

有一种情趣，叫守一院花开，不问繁杂俗事。

我的小花园，是我闲暇消磨时光的地方。在这一方小天地，我为自己在喧嚣的城市里，找到了一处避世之所。

无论有多少烦心事，投身于花花草草之中，就能体会到“采菊东篱下，悠然见南山”的雅趣。

花草最懂人心，你的一点点用心，就会换来繁花似锦。花儿也是有语言的，它们会听你诉说，它们会默默陪伴，也会给你惊喜不断。

一方小院，春有清新淡雅的紫藤，妖艳多姿的朱顶红，招摇的风铃花，竞相争艳；夏有清新怡人的蓝雪花，有各色的月季，或浓或淡，或深或浅，傲然枝头；秋天有野蛮生长的菊花，绽放出姹紫嫣红，为秋日的萧瑟平添了几分热闹；冬日里花儿们都沉睡了，唯有长寿花却在寒冷的冬日争先恐后地吐出艳丽的花蕊，延续着小花园不落幕的万种风情。

平凡岁月里，有一院繁花相伴，夫复何求。

## 4.

有一种醒悟，叫还来得及。

这一年里，父亲生了一场病。八十多岁的老人，瘦小得如同孩子一样，白发如霜，岁月的风霜都刻在了脸上。

人老了，生命犹如风中的残烛一样，脆弱不堪。我惊觉残酷的事实，与父亲相处的日子，越来越少了啊。

虽然我无法阻挡岁月无情的脚步，但是我可以牵着父亲的手，陪伴他慢慢老去。

纵然时光匆匆，幸运的是还来得及陪伴。

有一种梦想，叫此生不渝。

为了延续我少女时代的梦想，我在多年以后重新拿起了笔，沉迷于文字。

从埋头苦写，到加入一些有趣的群体，和一些志同道合的小伙伴们一起前行，体会写作中的辛酸和快乐。在阅读和写作中，蜕变成更完美的自己，心中充满了爱和感动，每一天都充满了希望。

我庆幸自己，依然心怀梦想，没有在岁月的流逝中变成油腻的中年妇女。

我庆幸自己，走过半生岁月，依然有追梦的勇气。

那些值得纪念的，令人感动的，平凡日子中的小确幸，小温暖，点点滴滴汇成心中奔流的暖流，用以面对生命的无常和事世的艰辛。

生活中除了美好和感动，当然也有为生计奔忙的无奈，还有面对生老病死的痛楚，还有做不完的家务，还有辅导孩子学习时的抓狂……

也许，不完美就是人生的常态。正因为我们心中有爱，有希望，才能抵御岁月的风霜刀剑。

岁月如歌，人生如梦。

如果人生是一场大梦，我要剪一段烟花岁月，与你好梦一场。

# 小城故事

有一座小城，名叫盐边，它是我的家乡。

我的家乡盐边县是隶属四川省攀枝花市的一个小县城，这是一座普通的小城，也许你从来没有听说过它的名字；这是一座淳朴的小城，没有大城市的高楼林立，霓虹璀璨；这是一座小小的城，在祖国广袤的版图上，它毫不起眼犹如一粒小小的尘埃。

我曾经走过很多地方，感受过大理风花雪月的浪漫风情，体验过丽江古香古色的文艺气息；欣赏过三亚绚烂夺目的海上日出，吹过海边咸咸的海风……

我曾惊叹过上海东方明珠的瑰丽，在黄浦江边体验“浪奔浪流，万里滔滔江水永不休”的上海滩风情；也曾目睹帝都的风华正茂，皇城的雄伟气魄……

走过再多的路，看过再多的云，欣赏过再多绮丽的风景，品尝过再多美食，心中魂牵梦萦的依然是这一座小小的城，它始终牵引着我的脚步，走得再远终会回到它的怀抱。

这一座小城，这里有纯净的空气，明媚的阳光，淳朴的民风，有我难以割舍的浓浓乡情。

如果你听过邓丽君的《小城故事》，你一定就会懂得小城的万种风情：

小城故事多

充满喜和乐

若是你到小城来

收获特别多
看似一幅画
听像一首歌
小城故事真不错
请你的朋友一起来
小城来做客……

邓丽君的这首歌，恐怕现在的年轻人很多都没有听过吧，只要你听过，一定会为歌中如诗如画的小城风情而迷醉。

如果你没有遇见过这样的小城，那就跟随我的脚步，感受一下南方小城的迷人风情吧。

## 1.

这是一座春天栖息的小城。

这里春日长驻，哪怕是隆冬时节这座小城依然阳光明媚，天高云淡，丝毫没有冬日的萧瑟。

小城的春天不用说，必定是如诗如画，就连冬天也依然明艳动人。寒流似乎还没有来过，就已经感受到春的气息。

你看，郊外小桥边的那棵木棉树，已然绽开了朵朵鲜艳，在冬日里招摇。

硕大的木棉树，到了冬天只剩下光秃秃的枝丫，兀自伸向高空。也许是小城的暖冬让木棉树会错了意，早早地绽出了笑颜，鲜艳的红花点缀在苍劲的枝干上，不禁让人想起一个词——铁汉柔情。那一刚一柔构成的画面，纵使你心如钢铁，也成绕指柔。

小城旁的环山路上阳光普照，道路两旁三角梅争相吐蕊，一路上鸟语花香，暖风拂面。小城的人们三三两两结伴而行，既可以晨练又可以欣赏风景，爬到山丘最高处，小城的全貌尽收眼底。喘着气，一身微微的细汗，看着小城熟悉的风景，让人心里不禁感叹，所谓幸福，不过如此：择一座小城，种一院繁花，晒着太阳，与世无争，慢慢老去……

冬日里，这里有令人心安的阳光。

小城随处可见来这里过冬的候鸟老人，他们大多来自寒冷的地方，来小城享受冬日的暖阳。年迈的老夫妻手牵着手蹒跚而行，白发斑驳，他们的身影给小城增添了一道独特的风景。

## 2.

这是一座温暖宁静的小城。

小城里没有车水马龙，没有喧嚣嘈杂，没有大城市的雾霾污染，没有工业城市的浓烟滚滚。在这里，时光变得缓慢，心情变得舒畅。

小城的街心广场上，三五成群地坐着老人和孩子，孩子们自由嬉戏，在阳光下奔跑。老大爷们坐在树下打纸牌，时而有说有笑，时而为出错一张牌争论得面红耳赤。

老太婆们聚在一起，就是新闻联播的时段，哪家的孩子找了个漂亮的媳妇儿，哪家的老伴儿生了重病，哪家的小两口闹离婚了……在这里你能第一时间捕捉到小城发生的新鲜事。

到了傍晚，则开启了全民健身模式，无论是小城新修的七一公园，还是小城边上环绕小山丘的环山路，走到哪里都是熟面孔，一边走一边点头微笑，一边锻炼一边闲话家常几句，小城的人情冷暖萦绕在心间。

## 3.

这是一座年轻的小城。

二十多年前，为了支援二滩水电站的建设，盐边老县城的千家万户迁移到了一百多公里外的新城，曾经的老城变成了一片汪洋，儿时成长的记忆也随着那一座消失在水下的城市，渐渐模糊。

而这座新城，正是花样年华的时候，处处绽放着鲜活的生命力，释放着蓬勃的生机。

小城的面貌日新月异，人们的居住环境越来越舒适，生活越来越惬意，脸上都洋溢着幸福的笑容。

小城没有繁华都市钢筋水泥的冰冷与冷漠，这里有温暖的阳光，和煦的微风，温润潮湿的空气，和怡然自得的慢生活。

这是一座充满美味诱惑的小城。

身为盐边人，早饭必须是一碗热气腾腾的、麻辣鲜香的羊肉米线。一大碗米线上面铺着肉质细嫩的羊肉，撒上翠绿的葱花香菜，再舀一勺红红的小米辣做成的辣椒酱，那滋味从味蕾到肠胃都是一种妥帖感和满足感，米线吃完就连汤也要喝个底朝天才叫过瘾。一碗羊肉米线不仅仅能满足食欲，还能给人提供满满的精气神儿，更能给人带来一种幸福的感受。

我曾经在别的城市短暂停留，清晨看到城市里的人们行色匆匆的脚步，看着他们手里拿着简单的早餐，一边走一边往嘴里塞，心里不禁感叹，生活在家乡小城是多么幸福啊，仅仅从早餐都能吃出不一样的幸福感。

说起盐边的美食，不得不说的是盐边的烧烤，就连市区和邻县的人也要驱车几十公里，为的就是尝一尝盐边的烧烤。

来了盐边没有吃过烤乳猪肉、烤牛肉，那你就白来了。红红火火的炭火上，乳猪肉吱吱冒着油，烤到猪皮发黄的时候，香气扑鼻令人垂涎欲滴，咬一口，外焦里嫩，满口留香。牛肉是每天现宰杀的，烤的时候特别讲究火候，火候不够则少了焦香味儿，火候过了会影响口感，要鲜嫩可口的口感，才叫刚刚好。烤好的肉蘸着用花生面辣椒面做成的配料，鲜香软糯的肉质加上配料的香辣混合在一起，简直就是一场味蕾的盛宴。

在如此美味面前，哪怕是淑女也顾不了矜持，忍不住要大快朵颐起来。不过，你不用担心你的吃相不雅，因为小城的人都是大块吃肉大口喝酒的接地气的人，只有你吃得越豪放，越能够成为同道中人，喝酒吃肉也要情趣相投才有乐趣。

小城一年四季都有新鲜的水果，由于光照充足，这里的水果特别甘甜，苹果、石榴、橘子、草莓，应有尽有，特别是芒果已经走出了国门，远销海外。

这里还有具有盐边特色的油底肉、腊肉、菌类，数之不尽的美食，总之，这里就是吃货的天堂。

## 4.

这是一座风景如画的小城。

如果你想感受原始森林的风光，那么你可以去格萨拉风景区，那里有万亩盘松的壮观，有满山杜鹃花的惊艳。有高山草甸，有牛羊成群，更有纯净的蓝天白云，袅袅炊烟；有天坑地漏，怪石嶙峋，更有淳朴的彝族同胞，阿咪子灿若春花的笑颜……

到了盐边当然要去看看雄伟的二滩水电站，遇到大坝泄洪，你会感叹人类的力量之神奇，水流如千军万马奔腾而下，水雾弥漫，场面壮观，不由得让人想起“飞流直下三千尺，疑是银河落九天”的诗句，令人震撼。

如果你舟车劳顿，感觉疲乏，那么就到红格温泉来一次从身体到心灵的洗涤吧。浸泡在温泉之中，感受到全身每一个毛孔的释放和呼吸，感受身体每一个部分的放松和舒展，疲倦和劳累自会消失无踪，又变得元气满满。

小城的每一个角落，都有着不同的景观和风貌，只要你愿意为它停下脚步，你会发现它无与伦比的魅力。

## 5.

年轻时曾向往远方，觉得小城就是一方高墙，禁锢了自由和理想，生活在小城里，就如井底的那只青蛙，只能看见高墙内的那一方天空。

现在的我，却喜欢上了小城冬日的暖阳，喜欢小城出门便是街坊邻居、亲人朋友的浓浓的氛围，喜欢陪着父母陪着孩子，让日子如缓缓流淌的金沙江水，波澜不惊。

我曾经迷恋三毛的文字，也曾经渴望流浪，向往不一样的生活，不一样的风景。

爱上这座小城，安于一隅，是因为此处心安。

我心安处是吾乡。

在我心里，有一座名叫盐边的小城，是一首回旋心间的咏叹调，是一副水墨晕染的山水画，更是落叶归根的浓浓乡情。

小城故事多，故事中有你有我，有笑有泪，有时光悠悠，还有岁月静好。

# 我们的地久天长

## 1.

初夏的清晨，泡一杯香茶，坐在露天的亭子里，亭子在树木掩映之中。

一本书，一剪晨光，时光无言，安之若素。

微风清凉，树上的鸟儿欢快地啁啾，远处隐约传来老人晨练的音乐声。

眼前是一棵羊蹄甲树，粗粝苍老的树干，盘虬卧龙一般，枝叶繁茂，伸展开的树叶就如一个个马蹄的掌印，阳光从密密匝匝的树叶的缝隙中透出来。闭上眼，享受斑驳的光影，心底暗暗滋生出喜悦。

这一刻，仿佛时光停滞，地老天荒。

这一刻，时光在说，片刻即永恒。

所有的美好，终将逝去，陪伴有时，归期有时，聚散亦有时。即使是即将逝去的须臾时光，也是停留脑海的永恒记忆。

此刻，我要把转瞬即逝的片刻美好，当作地久天长。

## 2.

捧着一本喜欢的书，便感觉岁月静好，时光温柔。爱上文字，仿佛跌落一个绮丽的梦境。

星空寂寥，路还遥远，有梦不觉人生寒。

当我第一次听《知音》杂志的主编说出这句话的时候，深受触动。我再一次感受到文字的魅力，触动灵魂。的确，喜爱文字的人，灵魂都是相通的。简简单单一句话，映衬出了自己的心境，无须过多修饰。

现在，只要捧着书，只要提起笔，心就是妥帖的踏实。每当读到好文佳句，总忍不住热泪盈眶，或拍手叫好，或自顾自微笑。读好的文章，你总会因为读了作者的文字，而喜欢上她的灵魂。

文字是人内心的清泉，总是在不经意的时候汩汩而出，洗濯心里的尘埃，保留一颗清澈的内心。浮华社会，有利益有虚伪有尔虞我诈，唯有文字不欺不瞒，唯有文字能看出人的真性情。

有一句话是这样说的：脚步不能丈量的地方，文字可以；眼睛到不了的地方，文字可以。

生活中我们有许多牵绊，我们不得不为生计而奔波，不得不跌落世俗的尘埃，但是我们的灵魂是自由的。透过文字，我们可以看到绝美的风景，透过文字，我们可以感受不一样的人生。

在晨光中，在微风中，读一本书，感受文字的魅力，那些语言是我为之倾慕的灵魂，从心里汩汩流出的血泪，字字入心。

此刻的美好时光，是属于我与文学的地久天长。

## 3.

昨晚，做作业的儿子，在书山题海中抬起头问，妈妈，你渴望的幸福生活是什么样的？

我想了想说，身边有最爱的人，手里有喜欢的书，心里有明亮的灯塔。

灯塔指什么？

灯塔就是人生的方向，有梦想的指引，人生才不会迷茫。

孩子若有所思地说，那你说我将来应该做什么才好呢？

我对孩子说，做你喜欢的事，只有心中有目标有追求的人，才不会成为庸碌的人。

孩子似懂非懂地点点头。

是啊，只要你喜欢就好。

学业苦，青春短，人生难。

不为上一秒牵挂，不为下一秒忧心的人太少，能任性追求诗和远方的人更是寥寥。

但是，只要心中还有梦，哪怕是生活的柴米油盐，哪怕是现实的一地鸡毛，我们依然能够在尘埃里开出花来。

在劳累奔波歇下来的片刻，倾听自己内心的声音，在寂静的深夜，与自己对话，虽然前路茫茫，依然不会迷失自己的初心。

孩子，寻着梦想的足迹，奋力前行吧。将来的一天，你会明白，你所走过的每一步路都是值得的。

此刻，陪伴在孩子身边，在温暖的灯光下，儿子在完成功课，我在码字。

长长的夏日的夜晚，母子俩互相陪伴，却又互不打扰。偶尔的对话，可以感受到心与心紧挨着的距离。

或许，儿子会很快长大，离开父母的羽翼，如此刻般相守的时光将一去不返。

但是，时光缓缓，这是我和儿子的亲密时光，此刻，是属于我和儿子的地久天长。

## 4.

时光的脚步匆匆，不会为谁停留片刻。岁月无情，不会对谁格外地温柔。

父母的脚步蹒跚，不知什么时候眼角眉梢都布满了风霜。

亲手为父母做一顿晚餐，陪母亲小酌一杯，凑到听力不好的父亲耳边，大声地和他闲话家常。家的温暖，就在冒着香气的排骨汤里，就在一餐一饭的陪伴之中。

有时候会感到疑惑，时间是不是按了快进键，当初父母眼中永远长不大的女儿，怎么就已步入不惑之年，而父母已然老去。

搀扶着年迈体弱的父亲，走在落日的余晖之中。父亲和女儿的身影被落日拉得长长的，细细体味夕阳无限好，只是近黄昏的景致，绚丽灿烂中带着一丝惆怅。

相聚的时光，是一帧帧老照片，记录着清浅流年，记录着爱与陪伴。

此刻，安逸的时光是属于我和父母的地久天长。我会永远记得家的温暖，父母会记得女儿手心的温度。

## 5.

盛夏时光，最美的是我精心打造的小院的风景。

夜风清凉，一院繁花盛开，到了夜里花香四溢。伴着舒缓的音乐，一家人在院子里享受最惬意的时光。

儿子在摇椅上荡秋千，我与爱人对饮一杯冰啤，一家人分享一盘蔬果。任凭开到荼蘼的花瓣掉落在发梢肩上，看明月洒下一地清凉。

不用言语，你能听见花开花落的声音，你能感受到甜蜜的空气中流动着触手可及的幸福。

此刻，谁说不是永恒?

这是属于我们一家人的地久天长，烙印在岁月的长河中，雕刻在时光的年轮里，永远珍藏在记忆深处。

如果不断失去是人生的必然历程，我们无力挽留，那么就让我们把所有的美好片刻，串成一串珍珠项链，让它在烟尘岁月之中，永远熠熠生辉。

# 人生如茶，苦涩中自有回甘

生命的诞生，伴随着痛苦。人，都是哭着来到这个世界的。

人生有很多无奈，有的人走着走着就散了，有的梦做着做着就醒了，有的情过着过着就淡了，有的泪流着流着就干了。

就如一场没有终点的旅行，走到最后，你会发现，很多人都提前下了车，越到最后就会越来越孤独。

走到最后，我们发现会人生的终点不是目的，这场旅程被我们忽略了的途经的美景，一帧帧画面才真正构成了我们的人生历程。

人生就是一杯茶，初尝是浓浓的苦涩，再尝是苦涩中令人回味的茶香，最后细细品尝你才会体味到苦涩中的甘甜，留下意犹未尽的滋味。

## 1.

小时候，生活很艰苦，这样的经历可能只有七八十年代的人才经历过吧。

那时候，特别渴望过年过节，因为只有过年过节才能美美地吃上一顿肉，会感觉非常满足。

那时候，一毛钱一根的冰棍儿，一分钱一颗的水果糖，是记忆中再也找不到的人间美味。

但是物质匮乏，生活贫苦的我们，却有着无忧无虑快乐的童年。没有玩具，一根橡皮筋也能跳得很欢，几张彩色的糖纸，几颗石子就能带来无比的快乐。

原野山林就是我们的游乐场，山林里有着数不清的宝藏，有可口的野果子，有可爱的动物朋友，有漫山的野花……

还记得那只飞舞在田野里的红蜻蜓，还记得那山林里味道甘甜的野果子，还记得那山花烂漫，满山盛开的映山红，还记得……

童年时光，生活是贫苦的，但是苦中透着快乐。

## 2.

长大以后，有了自己的小家，为人妻为人母，有了成年人的无奈和辛酸，感受到了肩上沉甸甸的责任。

养育孩子，是一件辛苦至极又无比快乐的事情。

儿子渐渐长大，就像一头野性难驯的小马驹，时常透露出顽皮捣蛋的天性。而作为母亲想要让他懂得遵守规则，懂得努力学习的重要性，势必要约束孩子的天性，督促孩子勤勉。

有一次，儿子在学习中再三粗心犯错之后，失去耐心的我，第一次下狠手打了他一顿。泪流满面的儿子，在我的训斥下，委屈巴巴地继续做作业。

而我为了平复情绪，独自到家附近的小公园里散步，刚走出门，我的眼泪就下来了。打了孩子，自己的心里非常难过，生气、心疼、自责的情绪，齐齐涌上心头。

没过几分钟，天空飘起了细雨。我心里正担心儿子会不会还在伤心哭鼻子的时候，儿子打来了电话，语气里透着担心："妈妈，下雨了，需要我给你送伞来吗？"

我一下子释然了，心里温暖满溢。孩子的心，干净清澈得如一汪温泉，让大人自惭形秽。

每当看到儿子阳光般灿烂的笑脸，看到他活蹦乱跳装酷耍帅，看到他骑着自行车飞驰，看到他在篮球场上生龙活虎，再多的辛苦都化作心底的甜。

养育孩子是苦的，但是苦中透着甜。

## 3.

人生就是一个不断失去，不断道别的过程。

这几年，分别送走了大伯、大伯母，今年父亲身体日渐衰弱，成了医院的常客，更不幸的是才刚满六十岁的堂哥也患了病，肺癌晚期。

最近去探望了堂哥，堂哥消瘦得只剩皮包骨，他知道自己大去之期不远了，却依然面带着微笑说，人都会走这一步的，只是我先行一步而已，不要悲伤难过，人的命，天注定，天意难违啊。

能够坦然面对生死，是一种境界，但是又有几人能达到这样的境界呢？

在告别堂哥回家的路上，生死离别的感伤，生活的无奈，对生命的敬畏，万千情绪化成了泪水落下，也许这就是生活最真实的面目，这就是生活最苦涩的滋味。

经历了许多事情，看过了许多风景以后，我才懂得，人生就是一场修行，得到不必欢欣，失去不必介怀，你所拥有的，都只是暂时而已。

世间万物犹如梦幻泡影，何必执着，何必痴迷。

我们最终都要面对死亡，只要痛快地活过，就能无憾地道别；只有经历过风雨，才会明白生死的无常；只有直面过生死，才会更懂得生命的可贵。

生活是美好的，也是残酷的。聚有时，散有时，花开花落亦有时。这个娑婆世界，有的花朵在凋谢，有的却在盛放，有的生命在消逝，有的却在悄然新生，万事万物自有它运行的轨迹，非人力可以改变。

也许命运是我们无力改变的，我们能把握的也太少，但只要我们珍惜当下，用心感受每一寸时光，用尽全力去爱，努力地朝着目标奔跑，在有限的生命里，我们就可以少一些遗憾，多一些无悔。

生命是苦涩的，但也处处充满着美好和感动，充满着希望。

人生实苦，那些潜藏在心底的温暖和感动，是苦中的甘甜。

人生如茶，苦涩之中自有回甘，自有令人回味的悠长韵味。

# 来不及虚度的时光

九月的尾巴，秋高气爽的时节，我们一行四位中年少女组成一个小小的团体，出发了。

人到中年，还能来一场说走就走的旅行，真的很酷。

身处红尘烟火之中，心中一直有一个还没有长大的小女孩，向往着流浪远方的不羁和自由。

很多人都渴望说走就走，但是真正能做到却很难，尤其是中年女人，总是有很多琐事缠身，有很多责任的牵绊。

终于得以成行，提上旅行箱走出家门那一刻，我不是谁的母亲，不是谁的妻子，也不是谁的女儿。我，只是我自己。

这一次的行程是巴厘岛，大山里长大的孩子总是向往大海，阳光沙滩，咸咸的海风，美味的海鲜，想想都是一幅治愈心灵的图画。

当飞机飞入云霄的时候，看着机舱外连绵起伏的云层，满目的柔软洁白，心里变得通透澄澈，忽然感觉到一身轻松，原来单单是心无挂碍的感觉就是一种幸福。

飞机刚落地，就收到了美女导游献上的鲜花，巴厘岛随处可见的鸡蛋花散发出浓郁的香气，热带潮湿的空气，让人身心愉悦。

整个旅行团有十二人，有一对情侣，一对年轻夫妻，还有四个年轻漂亮的美女带着一个五岁大的可爱的小姑娘。

我们四个中年妇女，显然是整个团年龄最大的了。来不及自怨自艾，慨叹时光易逝，因为巴厘岛美丽的风景带着大海的气息扑面而来。

车沿着海岸线行驶，车上的小团体气氛很融洽，一路上欢歌笑语，小姑娘用孩童稚嫩的声音唱着，“你笑起来真好看，像春天的花一样……”

此刻，对于旅行有了不一样的感受。旅行的意义并不在于打卡了多少网红景区，走马观花似的在多少地方留下自己的足迹，而是在于这份在路上的心境，看过不同的风景，遇见不一样的人，让自己的生命变得更加多彩和厚重。

第一站我们来到情人崖，体验印度洋的波澜壮阔。海天一色的蓝，深深浅浅明明暗暗，这满目的蓝，纵使高明的画家也调不出那样的色调，深邃高远却又温柔而沉静，即使爱舞文弄墨的我，也不能用语言描绘出心中的感触。

金色的阳光洒在身上，海风之中，长发翻飞，裙裾飘飘，远处的情人崖犹如一个沉默而多情的情人，日日夜夜守候在海边，等候着心上人归来。

这一刻，究竟是美景让人沉醉，还是浪迹天涯的自由让人感动，自己也不明白。像此刻一样心无负累，无拘无束、自由自在的时刻，实在是太美好了。

接下来的行程，阿勇河漂流和网红打卡地荡秋千，让大家开心得像一群涉世未深的孩子，幼稚地在秋千上尖叫，在河里打水仗，笑着闹着，仿佛时空倒流，我们还是无忧无虑的少年，一副年少轻狂的模样。

旅行的乐趣在于，每一天都遇见一些有趣的人，看到一些未知的风景。

当地的马来西亚人，皮肤黝黑，性格淳朴，会说简单的中文，笨嘴拙舌的样子，十分逗趣。他们的语言天赋和善于学习的精神，让人生出几分敬佩，就连摆摊的当地人，大多都会简单的中文。中文在世界的应用越来越广泛，不得不说，祖国强大，作为中国人，我们是骄傲的。

我们来到贝尼达岛，一个小时的船上的颠簸，波浪滔天，很多人都晕船了。终于到达目的地。路途的疲惫再加上炙热的阳光，几个年轻人都没有了下海的兴致。

来到海边，怎能不与大海亲密接触一下呢？等我们四个中年美少女换上了潜水服，兴致勃勃准备下海的时候，年轻人们慵懒地坐在凉亭里乘凉。

岛上手机没有信号，年轻人们即使百无聊赖，也不愿意下海。看着她们年轻娇好的面容，不紧不慢的人生态度，我忽然感觉到有一些羡慕。

年轻真好，她们有大把的光阴可以虚度，不必追赶时光的脚步。

而我们这样的年纪，总想要抓住稍纵即逝的美好时光，想要尽情享受生命的美好时刻，因为生命短暂，因为怕来不及，所以没有时光可以虚度。

生命的旅程已经过半，还没有做的事情很多，还没有达成的心愿也很多，时光匆匆，我们只有努力奔跑，才能不负韶华。

我鼓起勇气，尝试了一些新鲜刺激的水上项目。我们体验了海底漫步，当身体沉入海底，心里有些紧张，更多的是感到新奇。自己仿佛变成了海底的生物，和海里的水草一起随波飘摇，海里的鱼群环绕在身边，一伸手就可以触摸到鱼儿们滑溜溜的身体，还可以抚摸到礁石粗糙的质感。看到鱼儿在大海里自由灵动，不禁感到身为人类的笨拙，多想变成一条鱼儿，体验一下大海的广阔啊，大自然神秘的力量令人敬畏，海底世界的神奇和美丽令人惊叹。

我们坐着香蕉船，在无边无际的大海上乘风破浪，满眼的蔚蓝，沁人心脾，船尾泛起的浪花溅起的水珠，落在发丝落在眼角眉梢，让人愉悦得忍不住想要大声尖叫……

此刻，我才懂得什么是真正的自由。那海底成群结队的鱼群，那天空自由翱翔的飞鸟，生命最自然最惬意的状态，就是自由。

最后一天的行程，是在金沙滩看日落。

当我们赶到的时候，红红的像鸭蛋黄似的太阳悄悄隐到了云彩后面，透过云层散发出温柔的余晖。

我们坐在沙滩上，看着夕阳从地平线上缓缓落入海里，海面笼上了一层薄纱，蓝得更加沉静，有一种唯美的忧伤。

我们错过了日落最美的时刻，但又有什么可遗憾的呢？有些美景注定要错过，有些人，注定要擦肩。

在沙滩上吃着海鲜烧烤，吹着海风，心里在慨叹，人生像这样的瞬间真是太幸福了，韶华易逝，这最美的时光，怎能虚度呢？

# 留一个梦，在双廊，在洱海

车，行驶在洱海边。

凉风习习，夹杂着一丝丝海的味道，视野一下子变得无比开阔。天和海连成一片，那蓝色深深浅浅，就像一幅水彩晕染的图画。

终于到了目的地，双廊。一个坐落在洱海边的小渔村。这是一个淳朴的小镇，没有都市的喧嚣，没有浮世的繁华，这是一个安静的没有俗世纷争的世外桃源。躲在这里，哪管它世事变迁，日月变幻。不变的只有洱海的风，与洱海遥望的苍山的雪。

站在洱海边，沐浴着温暖的阳光，听着海浪拍打堤岸的声音，感受海风的抚摸，身后是湛蓝的海水。

这一刻，没有丝毫杂念，没有任何烦恼，所有的悲欢经过海水的洗涤，灰飞烟灭。心也变得温润，潮湿……

租一辆摩托车围绕洱海骑行，看眼前的风景犹如电影画面，一幅幅从眼前闪过。要不是儿子坐在车头兴奋地喊叫，真的会让人忘记今夕是何夕，恍若回到了青春年少的时光。

晴朗的午后，洱海边。大大的落地窗，露天阳台，精致的桌子，躺椅。一杯茶，一支烟，一个下午。远处苍山上还堆积着白雪，近处洱海波光荡漾。时光静静流淌却浑然不觉，静静地一直坐到茶的颜色浅了又浅，味道淡了又淡。一直坐到夕阳的余晖洒满海面，看着夕阳一点一点沉入海底。恍如一场梦境，久久不愿醒来。

闲来无事的傍晚，到舞蹈家杨丽萍的太阳宫、月亮宫闲逛，不知是艺术家的文艺气息太浓，还是这个海边的小村落天然的文艺气质，仿佛觉得自己也被感染得更加婉约和温柔起来。

微风轻拂的夜晚，在清吧里手捧一杯红酒，听着流浪歌手磁性的略带沙哑的歌声。桌前一堆红红的炭火，温暖着来自四面八方的心灵。歌者沧桑动情的歌唱让人不自觉已深陷其中，不自觉地随着节奏摇晃，不自觉地跟着歌唱。或笑或哭，或喜或悲，只有自己能体味。这微醺的感觉也不知是这苍山雪，洱海月，让人沉醉，还是这沧桑的歌声，这浪漫的夜晚，沉醉了旅人漂泊的灵魂。

暮色四合的时候，在简陋狭窄的街道闲逛，两旁的树木和街道的电线上，停满了密密麻麻的鸟儿，一不小心就会有鸟儿的排泄物掉落下来，像子弹一样“啪”的一声打在你的手上肩上，让人防不胜防。在这里，人和自然相处那么和谐，这里的鸟儿和人一样，生活得悠闲自在，不会担心会有人伤害它们，所以才敢这般放肆。

现在，这样天然淳朴的小渔村越来越少了，游人多了的地方会变得越来越嘈杂，越来越商业化。不知道多年以后再来这里，这里会变成什么样子，我有些担心。

景物会变迁，人会变老，此刻我们见过了彼此最美的容颜，也是一种无悔吧。

双廊的魅力就在于，她并不是浓妆艳抹让人惊艳的美人，也不是淳朴得毫无人工雕琢的村妇。她是温柔而不失妩媚的，她是细腻而不失婉约的，她是最体贴最能读懂你的那一位，红颜知己。

将来，待我无所羁绊的时候，就回到双廊，开一间客栈。倾听南来北往的旅人们漂泊的故事，为疲惫的灵魂提供一个歇息的处所。然后，在洱海边慢慢，慢慢地老去……

就让我留一个梦，在洱海，在双廊。

# 梦里不知身是客

我不是归人，我是过客。

石板路，红灯笼，小桥流水潺潺。这分明不是梦境，而我的确成了那画中的人。被岁月的流光打磨得麻木了的心，在这一刻苏醒了。

来到丽江，不知是什么触动了心弦，是什么触及了心底最柔软的地方。是古城古香古色别样的风韵，还是那在冬日的夜晚穿着长裙，披着流苏披肩的美丽的姑娘，或是飘荡在大街小巷动人的歌声？也许是那律动的鼓点，是那打着手鼓唱着歌的大眼姑娘；也许是情侣们亲密的依偎，窃窃的私语；也许是弥漫在空气中的浪漫气息……

在丽江，时光过得悠然自得。你可以一家家店铺挨个闲逛，目的不是购物而是欣赏。欣赏店里各具特色的银饰、披肩、纳西族的花衣，欣赏每个客栈别具匠心的精美设计。

每个店铺的主人都漫不经心做着自己的事情，皮具师傅埋头做自己的皮具，银匠在手工打制银器。而闲逛的人也自由的晃进晃出，没有人会在意。你不要介意店主的傲慢和冷淡，说不定他就是某个大城市隐居到此的能人，说不定他是躲到这里潜心创作的文艺青年。只有他们才能过着常人不敢想的悠闲生活，敢把梦想活到现实中去。

在晴朗的午后，坐在街边的小店里，晒着太阳，听着歌。捧一杯茶，看一本书。时光静静地缓缓地流淌，心里波澜不惊。仿佛时光停驻，尘世的一切都与自己无关。看巷子里人来人往，看着他们的容颜，设想他们身上正在演绎着的故事，经历的悲欢离合，而自己冷眼旁观，恍若隔世。

夜晚的丽江，犹如一个蒙着面纱的姑娘，当你去揭开她的面纱，那一刹那，是惊艳。

大红的灯笼，如织的游人，不眠的古城放下了她的矜持，变得妖娆而迷人。每一颗流浪的心都找得到慰藉，每一个疲惫的灵魂都能放下负累。

这里，就是归宿。

夜晚的酒吧街吸引了许多不甘寂寞的年轻的心。或者纵情高歌，或者手捧一杯红酒，醉倒在这夜色里，或者静静聆听原创歌手扣人心弦的歌声，再或者到“一米阳光”放纵狂舞。什么样的人生，什么样的角色全由自己。听从自己的内心，过最想过的生活。

在丽江，你可以画上浓妆，穿着妖娆，打扮成时尚丽人；也可以布衣长裙，长发披肩，天然去雕饰，回归最质朴的模样；也可以穿上大花朵的纳西族服饰，编着五彩的小辫，宛若纳西族村姑，任何的装扮在这里都能自然的融入周遭的风景，美得理所当然。

在丽江的四方街，曾经偶遇过一个外国人，至今我还记得他脸上灿烂的笑容。那是一个年轻帅气的青年，有着一双深海般的蓝眼睛。他吸引我的不是他帅气的外貌，也不是他灿烂的笑容，让我惊讶的是，他是一个残疾人，双腿被截去，坐在轮椅上。在游人如织的街头，他看上去是那么快乐。

我不由得心生感慨，这世界这么精彩，有什么能够阻止我们远行的脚步呢？哪怕我们曾经吃过苦受过伤，哪怕命运不曾厚待我们，也不能妨碍我们获得幸福和快乐。

清晨，迎着柔和的阳光，坐在客栈的楼阁上。远方是冰雪堆积的玉龙雪山，近处是古香古色的亭台楼阁。品一盏绿茶，时光无痕。那些纠缠在心上的烦恼，伤痛，变得淡淡的，浅浅的。曾经觉得过不去的，承受不了的，曾经那么在乎的，仿佛都变得不那么重要。生活变得云淡风轻，悠哉悠哉。

心静了，也净了。

丽江犹如一个梦境，而我终究只是一个过客。当我踏上归途的时候，心中响起的是一那首响彻丽江大街小巷的歌曲《一瞬间》：

就在这一瞬间，才发现

你就在我身边

就在这一瞬间，才发现

失去了你的容颜

什么都能忘记

什么都能改变

请你让我再看一眼……

# 盛开在盛夏的那些花儿

六月的攀枝花，太阳热情得有些过分。

温度居高不下，出门就像蒸桑拿一样，不到几分钟就大汗淋漓。出门前拾掇了老半天的妆容，一瞬间就花容失色。

人都还好啦，花儿可就受罪了。就连小区里生命力惊人，四季常开不败的天竺葵，都在烈日下蔫蔫地打起了盹儿。

难以想象，我的小花园里那些精心呵护的花花草草，该怎样熬过酷暑。

喜欢阳光的月季花，也收起了她热情奔放的笑颜，退出了舞台，安静地在花园一角甘愿当起了不起眼的配角。

最惨的要数绣球花无尽夏啦，娇嫩的花瓣一遇到强光就马上蔫了，花瓣打着卷儿，耷拉着脑袋，就连叶子都变黄、变焦，仿佛一个正值妙龄的姑娘一夜之间变成了年老色衰的老妪，惨不忍睹。

原本打了很多花骨朵的铁线莲，还没开放，花蕾就枯萎掉落，只有看似干枯的铁线似的藤蔓，自顾自缠绕在花架上，原本傲娇无比的藤本皇后，颜值蹭蹭往下掉，平凡得犹如灰姑娘一般。

多肉们在酷暑下，都失去了艳丽的颜色，不再是萌萌哒的可爱模样，一个个皱着眉头悄悄躲着睡大觉。在烈日的炙烤下，别说怎么展现自己娇媚的容颜了，能够安然度夏就是幸运儿了。

就算这样恶劣的气候，我的小花园依然给我带来了惊喜。

使君子进驻花园四年了，头两年藤蔓疯长，一年四季只见绿叶，不见花。我失望了，兴许是遇到了不良商家，买到了赝品，心想如果明年再不开花，就把它处理掉。

谁知道，使君子仿佛读懂了我的心思，第三年忽然爆出了一树的鲜艳花朵，整个夏天院子里芬芳馥郁，惊艳了无数路过的人。

我满心欢喜，真不枉费我的苦心的等待。

如果说，每年夏天使君子都是小花园的主角的话，今年却被从前毫不起眼的蓝雪花抢了风头。

蓝雪花刚栽下的时候，不过是一颗小指头一样细的小苗子。第一年，没什么动静，只萌发了一些新芽。第二年，抽出了几根新枝条，没有开一朵花。我又开始质疑某宝上购买的东西的品质，可能买了假货了。暂且留着它，再看看吧。

今年，天气刚回暖，蓝雪花便疯狂地抽出无数鲜嫩的枝条，越长越茂盛。随着气候变暖，蓝雪花零星地绽放出了罕见的蓝色花朵，令人赏心悦目。

入夏，待我外出几天回到家里，顿时眼前一亮，蓝雪花开爆了，整个花园都被蓝雪花特有的风采给点亮了。

盛夏时节，别的花都休眠了，蓝雪花却在艳阳下开得旺盛而热烈，清凉温馨的淡蓝色，在炎热的夏天，给人带来一种赏心悦目、神清气爽的感觉。

站在蓝雪花构成的花墙前面，看着层层叠叠的纯净的蓝色花朵，满眼深深浅浅的蓝，比天空的蓝色更深，比海洋的蓝色要浅，那种蓝色，给人带来清凉舒爽，忘记了夏日酷暑。

原来，所有默默积蓄的力量，就是为了此刻的灿烂绽放。

我不由得想起了“毛竹效应”，毛竹前几年只长几厘米，可是，五年之后，它就像被施了魔法，在半年时间里就会蹿到三十多米。长得快的时候，一天可以长半米多。春天还是一棵小苗，到了秋天就一飞冲天，高不可攀。

这是因为栽种后的五年里，毛竹并不是像我们表面看到的那样无所作为，它把所有的努力用在了地下，用在了伸展根系上。五年中，它的根可以扎到很远很远。充分的准备，强大的根系，才造就了一鸣惊人、一飞冲天的奇迹。

大文豪苏轼早就告诉我们：博观而约取，厚积而薄发。

所有夺目绽放的背后，都是十年磨一剑的磨炼。

所有信手拈来的从容，都是厚积薄发的沉淀。

那些在盛夏，在恶劣的环境依然盛放的花儿们让我领悟到，没有长期的沉淀，就没有忽然的爆发，没有默默地积蓄力量，哪来的灿烂盛放，我们做人和做事何尝不是如此。

昨夜，下了一场大雨。

想起院子里的花草，前些天才盛开的蒜香藤一定被大雨打落了吧，开了一个夏天的蓝雪花娇嫩的花瓣，一定在大雨中凋零了吧。

其实，不必担心和失望，大自然自有它的生存法则，凋零了的植物会在冬天积蓄力量，来年春天再次绽放。

雨后的清晨，夏日的天空一碧如洗。

大雨过后，那株在风雨中摇曳的蓝雪花，花瓣被吹落成泥，花枝却极具韧性，任凭狂风暴雨摧残，被压入泥土却又触底反弹，在清晨的阳光下，挂着雨珠，默然挺立。

我忽然有些感动，大雨过后的世界安静而澄澈，而自己不正是这株带雨的蓝雪花吗？在人生的磨难中汲取力量，在难以预测的人生风雨中，百炼成钢，变得更加坚强。

这个夏天，这些我为之痴迷的花儿，让我反观自身，受益良多。

# 幸福的金色翅膀

## 1.

最近生活中遇到一些棘手的事情，情绪一直有些低落。

时值深秋，在几天之前下的那一场大雨中，因自己内心的惶惑不安，更感秋雨的萧瑟，深夜难眠之时，文字竟也透着秋雨潮湿的味道。

生活中不如意之事十之八九，有的事情的发生，总是令人猝不及防。

或是听闻父亲身体有恙，昨夜梦中竟然梦到与老父亲天人永隔，饭桌上摆了父亲的碗筷，座位却空了。

一个激灵从梦中醒来，心在狂跳。天还没亮，睡意全无。

待到天亮了，估计父母已经起来了，才打个电话过去，还好，父亲身体没有大碍，一颗心终于放下。

最近连日的焦虑，连自己都能感受到身上的负能量，走到哪里头顶都像聚集了一片乌云。

人生很难，快乐总是转瞬即逝，而幸福更是难以把握。

一大早来到附近的公园里，大口呼吸着新鲜空气，一直淤堵着的心，透进了一丝丝阳光。

没错，只要打开心窗，阳光就会照进来。

接着，我接到了电话，前不久参加的征文大赛获奖了，要我即刻去拿证书和奖金。拿到红得耀眼的获奖证书，我的心忽然变得通透起来，阳光洒满了心扉。

这世上，本没有绝对的坏事和绝对的好事，祸兮福所倚，福兮祸所伏。凡事就看你如何去看待，如何去应对。

我们要允许生命中一切不好的存在，然后去面对，然后放下。最后说一声，随它去吧！忽然觉得自己步履轻盈，浑身充满了力量，头顶的乌云不知何时早已散开。

一念天堂，一念地狱，我有些明白是什么意思了。

## 2.

闲逛到书店里看到一本书毕淑敏的《幸福的香气》，一下子被吸引，毫不犹豫买下。

路过奶茶店，为了犒赏自己，买了一杯香气浓郁的奶茶。排队等奶茶的间隙，我打开书，看到了这样一句话：

“幸福是一种心灵的震颤，它像会倾听音乐的耳朵一样，需要不断训练。幸福不喜欢喧嚣浮华，常常在暗淡中降临……”

原来幸福并不是依靠外在的力量，而是源自于自己的内心。

让自己幸福，是一种源于内心的能力。此时此刻，我的心安静了，在这个喧闹的街头，我坐在小凳子上，阳光在高楼大厦的空隙间照下来，洒在我身上，温暖而舒适。

书中的文字印入脑海，有一种福至心灵的感应，我看到阳光中有金色的蝴蝶在挥动着翅膀，空气在震颤，我的心也在震颤。

在这个再平常不过的瞬间，我的内心获得了安宁和平静。

## 3.

回家的路上，金色的蝴蝶一直飞舞在我的左右。

我一手拿着书，一手捧着奶茶，悠闲地游荡在回家的路上。

我看见马路边的店铺在装修，纵使装修材料的气味刺鼻，装修的工人却累得坐在店铺的水泥地上，靠着墙睡着了，或许是梦见与家人团聚了，嘴角挂着一抹笑意。

我看见一个颤巍巍的老婆婆，头发白得像一蓬乱草，佝偻着身子，在垃圾桶里拾破烂，捡到一个空瓶子，她豁着牙笑了，满脸的皱纹像一朵秋风中盛放的菊花。

我看见一个帅气的外卖小哥，电瓶车上拉着大大的货箱，吃力地想要把车头掉转，试了一次两次，第三次终于成功，他擦擦脸上的汗水，对被自己堵住的路人报以歉意的微笑。

这世上，谁都活得不容易。可是，生活再苦，总有某些时刻是幸福的。

幸福，就是一只挥动着金色翅膀的蝴蝶，常常在你身边飞舞，你却毫不在意，直到它飞走了，难以寻觅它的踪迹，你才感到怅然若失。

如果你想要把幸福握在手里，你会发现，它就像爱情一样，来无影去无踪，展开手掌只是一场虚空。

幸福难以寻觅，看似触手可及，当你盛装迎接，它却悄悄溜走；幸福却又无处不在，在你不经意的瞬间，它已经悄悄降临。

其实，你不需要去追逐，不需要去寻觅，那只金色的蝴蝶就住在你的心里。

# 春天的味道

多情的春风，吹绿了一江春水，吹红了桃花，吹绿了柳枝，吹乱了人的心。

“暖雨晴风初破冻，柳眼梅腮，已觉春心动。”心也被春风吹起了一池涟漪，于是按捺不住，去追寻春的足迹。

顺着一江春水，驱车而行，沿途的风光犹如一幅连绵不断的画卷，在眼前徐徐展开，而自己正在赶往春天的路上，投入春天的怀抱，融入这幅醉人的春光图。

“日出江花红胜火，春来江水绿如蓝。”江水碧绿，在阳光下闪着粼粼的波光，一棵棵木棉树伫立在金沙江两岸，目送滔滔不竭、奔腾不息的江水。想必它们也是多情而寂寞的吧，默默不语，终其一生的守护，终究只能“春风自恨无情水，吹得东流竟日西。”

木棉树是高大伟岸的，苍劲的枝条兀自伸向蓝天，像一个刚直不阿的卫士，可是春天一到，它就展现出铁汉柔情的一面，每一条枝干上绽开朵朵鲜艳，只见花不见叶。没有绿叶的陪衬，那花儿红得如云似霞，倒映水中，染红了一江春水。

木棉树是小城春的使者，在花草们还没有破出冰封的土壤的时候，它总是最先感知春的气息，绽放出一树的灿烂花朵，向人们宣告着春天的到来。

车子拐入了一条乡间小路，随着曲折蜿蜒的土路前行，车子有些颠簸，眼前的景致却让人眼前一亮。道路两旁种满了桑树，桑树长长的枝条上是刚发出的嫩叶，叶子在阳光下绿得耀眼，那颜色青翠欲滴，让人赏心悦目。树叶下躲着毛茸茸的桑葚，还是透明的嫩绿色，只有经历了风吹日晒，桑葚才会孕育出浓重的色彩和甜蜜的味道。

再继续前行，便听见了潺潺的流水声，一条小溪出现在眼前。有了水的地方，一切都有了灵气，溪水旁的老树，发出了红色的嫩芽，苍老的褐色枝条上点缀着星星点点的红，在明媚的阳光下，迸发着无限的生机。不远处，一丛芦苇花开得极茂盛，在微风里摇曳，在小溪边顾影自怜，对镜梳妆。

来到小溪边，孩子已经欢叫着光着脚丫趟进溪水里，就连小狗也不甘寂寞，跟着跳进溪水里撒欢。捧一捧清泉水，初春的小溪水还有些清冽，溪水冰凉的触感和阳光照在身上的暖意，冷暖交融，令人神清气爽。

“野渡花争发，春塘水乱流。”溪水一路欢歌，遇到溪水里奇形怪状的石头，便激起朵朵白色的浪花，然后打着旋儿继续奔向前方。

后来，就连大人们也纷纷跳进溪水里，光着脚丫开心得像顽童一般，在小溪里摸石头，看到形态奇特的石头，都会拿来品鉴把玩一番，遇到特别喜爱的会忍不住把它带走，用来装饰庭院，别有一番景致。

小溪边生长着丰茂的绿色水草，还有不知名的野花，紫色的花朵引来蜜蜂围绕，不知疲倦的蜜蜂嗡嗡闹着，想必那花朵的味道一定是甜蜜的吧。春风和雨露赋予了花朵芳香，而蜜蜂给予了花朵甜蜜。花朵的甜蜜滋味，只有农村长大的孩子才有特别的体会。

记得小时候，每到春天漫山遍野开满了映山红，这是山里娃最开心的时节。只要把牛儿赶在春草初生的山坡上，放牛娃们就开始在满山的花丛里穿梭，把盛开的花朵揪下来，用嘴咬开花蒂，顿时带着花朵的香气的蜜水就在口腔里蔓延，甜蜜芬芳的味道久久不散。那是最天然的饮料，是花朵的甜蜜滋味，是春天独特的味道。

小时候的春天，是看得见摸得着的，是有滋有味的。每当夕阳西下，放牛娃们哼着歌儿赶着牛回家，带着一身的芳香，嘴里回味着花蜜的芳香，头上脸上沾满了花粉，那简单而纯粹的幸福，就是春天的味道。

长大后的春天，似乎少了那么一点儿味道。花儿只闻其香，不知其味，蜜糖也添加了杂质，甜得太过腻人，城市里的春天，难以触摸，难以寻觅其踪迹。

不知道家乡的那一片映山红，是否已经盛开，而今的放牛娃们，是否也会那么天真而快乐？

又是一年春来早，当年的放牛娃已然长大，踏遍了千山万水，那片漫山遍野的映山红，依然盛放在我的心里。

放牛娃的春天，封存在了记忆之中。偶尔打开，依然能闻到带着芬芳和甜蜜的春天的味道。

# 快乐的拾荒者

我喜欢捡破烂，美其名曰：拾荒。

拾荒者，要有一颗自由的心和一双慧眼，才能捡拾快乐，发现人生美丽的风景。

拾荒的乐趣，不懂的人体会不到。在拾荒者的眼里，这个世界遍地都是宝贝，生活处处充满了惊喜。

三毛曾说，拾荒人眼底的垃圾场，是一块世界上最妩媚的花园。三毛曾经在荒凉如烟的撒哈拉沙漠，靠着一双手，靠着在沙漠里拾荒，让平凡孤寂的生活开出花儿来。

三毛捡来别人丢弃的包装棺材的木板当成宝贝，让荷西打造成桌子、书柜；捡来废弃的轮胎清理干净，再放上软垫，成为大家都争着坐的“沙发”；荷西在沙漠里淘来的骆驼头骨，成了三毛最心爱的新婚礼物。通过拾荒，三毛把她最初家徒四壁的简陋的小房子，变成了温馨美丽的家，在沙漠孤寂的日子里，自得其乐。

三毛是一个拾荒者，在流浪的岁月里，看遍世间风景，看尽人世繁华，尝尽人情冷暖，自由得像山间的一缕清风。只有三毛这样丰盈的心灵和自由的灵魂，才会体会到拾荒的别样滋味吧。

生活中，我也是一个快乐的拾荒者，总是会在生活中不经意的瞬间捡到喜爱的宝贝。

我是山里长大的孩子，山里的宝贝很多，奈何不能一一带走。每次有机会到山里去，总是要捡一些宝贝带走。大树下层层堆积的树叶，是最好的花肥，树下落满的松果，干枯的松树枝，捡回家插在花瓶里，就是最好的装饰。还有那些奇形怪状的木桩，打上眼，挖个洞，稍作加工就成了种植多肉的材料。每一次进山，都是满载而归。

有一次，一家人出去吃饭，大家都在饮酒作乐的时候，我却在人家小院的角落处发现了宝贝。那里堆着很多烧过的煤球，要知道现在城市里烧煤球的人已经很少了，而煤渣是沥水性最好的种花的材料。于是，原本的聚餐变成了干劳动，我向主人讨要了口袋，搬了几口袋煤渣回家，虽然满头大汗，却甘之如饴。

晚饭后，一家人到江边散步，看到形状各异的石头，忍不住捡回家去，清洗干净，根据石头不同的颜色和形状，用画笔在上面涂上色彩画上图案。用红色晕染出一树盛放的樱花，用蓝色涂抹出一汪湖水，在樱花树下勾勒出长发丽人的身影，顿时，石头便有了鲜活的灵魂。

当你安静地，专注地做一件事情的时候，时间过得很快，内心也会特别平静而喜悦。

甚至，有时路过垃圾桶，看见人家丢弃的空酒瓶、泡菜坛、废弃轮胎，都吭哧吭哧抱回家，像一个男人似的拿起切割的工具，把破旧的坛子按照自己喜欢的形状切割出来，给废弃的轮胎涂上五彩的颜色，一个个大花坛就成型了，既可以用来种多肉，也可以种植物花草，用处可多了。整个变废为宝的过程，充满了快乐。

用自己的双手一点一点打造自己的家，把捡回来的东西重新赋予生命，让它重新散发光彩，也让生活充满更多的乐趣，这就是拾荒者的快乐。

时光里，我也是一个幸福的拾荒者，收藏生活中不为人知的美丽和感动。

收藏初春干枯的老树发出第一抹新绿，那是生命蓬勃的力量；收藏墙角绽放的那一朵迎春花，纵然无人观赏它依然盛放，那是它无悔的花季；收藏翩然飘落零落成泥的花瓣，那是它必然的宿命；收藏四季轮回的风，那是生生不息的生命的力量。

收藏人群中偶然回眸而邂逅的陌生笑脸，你会感受到快乐；收藏无助时一个鼓励的眼神，你会感受到莫名的力量；收藏深夜孤寂时的一个问候，你能体会到温暖；收藏感伤落泪时的一个拥抱，你会懂得幸福的意义。

我是一个拾荒者，捡拾起生活中的快乐和幸福，收藏最美的时光，收集被遗忘的岁月，用光阴酿成陈年的佳酿，待到暮年时，在夕阳下，慢慢回味和沉醉。

# 指尖的幸福

幸福有时很简单，和喜欢的人在一起，做喜欢的事情，就很满足。

自从有了带花园的新家以后，我就迷上了园艺。亲手打造自己的小花园，指尖触碰泥土，闻着土地和植物的气息，心里就会格外愉悦。

对待每一棵植物，我都像和朋友相处一样，了解它的习性和特点。它们有的喜欢阴凉，有的喜欢阳光，有的生命力顽强，不需要特殊照顾，有的比较娇弱，需要时时关注，它们也会生病，也会死亡。从翻土到施肥，从浇水到修枝，你都要用心和它们相处，它才会回报你满园的芬芳。

院子里，我亲手种下的花草，每一朵花的绽放都令人欣喜，每一朵花的芬芳，都能治愈人心。每当我的指尖，抚摸到花朵柔软的花瓣，触摸到潮湿的泥土，我会由衷地感到自在和快乐。

那些花儿，是我最知心的朋友，春去秋来四季更迭，它们总是默默陪伴，不发一语却是最懂我心。心情不好的时候，在花园里这里剪一剪，那里修一修，在花草的陪伴下，心情自然而然地变得平静无波。

盛夏到来，酷暑难耐，我的小花园却别有一番景致。绿意盎然，色彩缤纷的小花园，总是能抚平我焦躁的情绪，能在酷热的天气中给人带来怡然和舒爽。

院子里的使君子开了，花团锦簇，馥郁芬芳。使君子生长特别迅猛，三年的时间枝繁叶茂，覆盖了整个小花园，为小花园洒下一片阴凉。

夏日的清晨，阳光透过绿叶照进花园，地上投射着斑驳的光影，使君子的叶子绿得发亮，粗壮的褐色的枝干缠绕着栅栏，树叶间密密匝匝地开满了花，像一个经历了沧桑却依然鹤发童颜的令人惊艳的女子，有着时光沉淀出的非凡魅力。

使君子的花初开是白色，阳光给它镀上一层红晕，变成满面娇羞的姑娘，慢慢地红晕加深，颜色艳丽，成为一个娇媚的妇人，尽态极妍地展示着她的风韵。

等到花瓣的红色变得像红丝绒一般，花朵开到荼蘼的时候，它便从枝头凋落，一地落英缤纷，又是另一番景致。

使君子会让人轻易就爱上它的原因，是因为它的花量特别多，花期特别长，而且花香馥郁。一整个夏天，小院子都花影摇曳，芳香怡人。

如果说使君子是夏天的花园当仁不让的主角的话，蓝雪花就是不容小觑的配角，而且她的势头越来越盛，大有与主角媲美的风头。

蓝雪花不惧烈日，在夏日的艳阳下盛放，蓝色的花朵开成瀑布一般，带给人一丝清凉。在烈日下，很多花儿都失去了色彩，进入了休眠期，唯独蓝雪花绽放出惊人的美丽。

夏天的花园，绣球花成了我的新宠。大朵大朵的绣球花，刚开始开放的时候是绿色，像不谙世事的青涩的小女孩。待到花瓣慢慢展开，会慢慢变成粉色，那种浅浅的粉色夹杂着浅浅的绿色，实在是太美了，大自然的色彩是没有任何一个画家能调配出来的。

绣球花盛放的时候，花朵变成深粉色，还有的经过调蓝，会变成蓝色，这个时候你就会知道什么叫做花团锦簇，繁花似锦。

入秋的时候，花瓣的颜色变得更深了，秋风会给绣球的花瓣镀上一层铁锈色，绣球花像是迟暮的美人，依然风韵犹存。

绣球花哪怕老态龙钟，失去了鲜亮的色彩，它依然挺立枝头，从不放低姿态。但它最怕的是夏天的烈日，烈日一暴晒，它就会低下头，花容失色，枝叶焦黄。入秋的时候，可以把绣球花剪下来，制作成干花，虽然失去了鲜活的色彩，但也有别样的风情。

最近，喜欢上了月季，在门前种下了几棵爬藤月季，希望来年春天它能爬满栅栏，开出一面浪漫的月季花墙。

有花草相伴的日子，平静中透着美好，在院子里忙碌的时候，琐事纷扰全都忘掉。

细嗅每一朵花香，静听每一朵花开，捡拾每一片落叶，心里都流淌着喜悦和感动，日子过成了一首动人的诗。

赏一院花开，看花开花落，云卷云舒，指尖的幸福，流淌在心间。

永远保持着生活的热情，永远活成一个少女，才不枉来这人间一趟。

# 你好，中年女人

一大早起床，和一根白头发较上劲儿了。

那根银白色的头发昂然于一头青丝之中，那么扎眼，而且还很顽固，试了几次都没有把它拔下来，最后只好颓然放弃。

仔细照镜子，忽然发现镜子里的人，眼角不知什么时候有了细纹，眼神少了灵动，身形也不再苗条。不由得叹了一口气，岁月不曾饶过谁啊！

虽然不愿意承认，但是岁月无情，那些过去的时光你以为悄无痕迹，其实它已然刻在了眉间心上，眼角眉梢。

## 1.

假期里，儿子迷上了魔术，每天拿着一副牌逼着我看他玩魔术，还要求我用抖音记录下来。

看着儿子兴致勃勃的样子，我勉为其难充当起了小魔术师的摄影师一职。儿子在镜头前玩着小把戏，一边玩一边讲解，自得其乐，十分开心。

儿子拿着牌对着镜头说，“这位摄像大妈，请你抽一张牌……”，我瞬间炸毛，臭小子，竟然叫我摄像大妈……

于是，原本很愉快的一个下午，变成了儿子在镜头前装酷耍帅，老妈在一旁吹胡子瞪眼。等魔术时间结束，我一再逼问儿子，“你妈在你眼里老了吗？真的成了中年大妈了？”

儿子假意地安慰我，“不老不老，你狮吼功那么厉害，一点都不老！”我竟然无语了。

我发现，即使自己再怎么不愿意面对，却被儿子一语道破，自己的确步入了中年女人的行列。

## 2.

前不久，闺密聚会。当初一起打打闹闹的小姑娘，都已经步入中年。

脑海里还是当初一起读书时扎着马尾辫的样子，而现在看着她们眼角的细纹，黑发里偷偷探出的白发，我就像照镜子一样看到了自己的模样，我们都从青葱少女变成了中年妇女。

中年女人的聚会，就连谈话的内容都绕不开家庭、孩子，家长里短，孩子考上了什么大学，父母公婆身体出了什么状况，工作上遇到什么麻烦……

中年女人的生活，主角从来就不是自己，心里装的是整个家庭。

虽然没有了年轻时的青春靓丽，我却依然觉得她们身上散发着光彩，在她们讲养育孩子的辛酸的时候；在她们讲述照料生病的老人的时候；在她们讲述身体衰老的迹象的时候……

谁说中年女人不美呢？她们是最有魅力的。青春还没有逝去，体验了人世沧桑变化，看过了人生风景，有了成熟的风韵，更有岁月沉淀的历久弥香的底蕴。

中年女人，人生的大风大浪早已见过，看淡了很多东西，没有年轻女孩子傻傻的痴迷，也没有老年人的洞察世事，有的是举重若轻的人生态度，有的是云淡风轻处变不惊的气度。

人生的每一个阶段，都有自己最美的姿态。而眼里有故事，脸上无风霜，应该是中年女人最美的样子吧。

## 3.

昨日，走在大街上被一位美女吸引。

走近一看，仪态万方的美人原来是一位年过六旬的老年人。淡妆素抹的她，依稀可以看出年轻时的美艳，虽然岁月的风霜在她脸上留下了深深浅浅的痕迹，但却挡不住她的风姿绰约。

这种美，是一种历经岁月沉淀的美，那么的从容，那么的优雅。每一条皱纹似乎都在述说故事，每一根银丝都在讲述生活的阅历。

那一刻，我站在街头，心里有些触动。原来，女人的衰老一样可以那么从容，那么优雅。

我们都不能阻止生命的衰老，只希望逐渐老去的过程中，姿态可以足够的优雅，步履可以足够的从容。

有一种女人，时光的流逝非但没有带走她的美丽，反而给她增添了光彩。时光是一把雕刻刀，在女人的脸上刻下皱纹的同时，也把她雕刻得更加精致。

谁说美人怕迟暮呢？迟暮的美人也自有她不可抵挡的魅力。

## 4.

最近，父亲又病倒了。当我在医院里陪伴生病的父亲之后，又赶到二十多公里外去陪伴儿子。我坐在疾驰的汽车上，冬日的阳光透过车窗照在脸上，暖暖的。

车窗外的风景熟悉而又陌生，冬天的山坡上，草木枯黄，一派萧瑟的景象。车窗上，在阳光的映照下，我看见车窗玻璃上自己的影像，有些模糊，有些沉静，带着一种沧桑感。

车窗外的景物不断倒退，就像转瞬即逝的时光。此时，我真切地感受到时光流逝的脚步，万事万物都在时光里后退，而我正走在老去的路上。

在这一条路上，有苦痛也有悲欢，有得到也有失去，还有的是生生不息的希望。

我心里忽然间释然了，任何时候，不自怨自艾，不妄自菲薄，这就是时光的淬炼所赐予我的财富。

半生的岁月风尘，不仅在容颜上留下痕迹，也在内心沉淀出力量，让我更加淡定和从容地面对人生。

学会与自己握手言和，这是人生的大智慧。

我看见车窗玻璃上的那个中年女人，嘴角上扬，眼睛变成了月牙儿。

未来可期，这位中年女人，正姿态优雅，步履从容地走向未来。

# 第二辑

# 酿一杯美酒，醉了年华

# 家有老顽童

## 1.

家有一个长不大的老顽童是什么样的感受，你们一定不知道。

生命中从此没有了严肃这个词语，嬉笑怒骂，啼笑皆非，只有你想不到的，没有老顽童做不到的。

想当年，我长发飘飘，貌美如花，惊艳了某人的眼球，于是某人发起了锲而不舍的猛攻。

以下是穷小子恋爱指南：

周末了，某人打来电话，你等着，我开车带你去兜风。

站在原地，望穿了大马路，一辆又一辆轿车飞驰而过，过尽千帆皆不是。

某人终于来了，骑着一辆破摩托，突突突，停在了我面前，笑得那叫一个灿烂，叫人都没法拒绝，只好勉为其难坐上了某人的小绵羊。多年以后，友人谈起那时的我们，那辆破摩托和车上长发飘飘的女孩，成了那个小城的一道风景线。

情人节，没有钱买花，某人带着大剪刀跑到别人家的花园里，偷来月季包装好，一大捧手捧花，走在大马路上都引来众人侧目。原本就是花痴的我，看到花，心情瞬间美好。当时心想，这位同志下了血本了。后来知道了真相，差点没吐血。

假期，相约出游。

来到风景如画的月城，东游西逛，一时间竟然迷了路。男朋友茫然无措地问，该往哪个方向啊？原来这位同志是个路痴。好吧，我领着迷路的孩子找到回去的路。心想，把这家伙卖了，应该还值点钱吧？

更让人生气的还在后头。

我想学骑摩托，于是叫他教我。简单地讲完要领过后，我开始自己操练。看似简单的小绵羊，我竟然驾驭不住，连人带车摔在了地上。

某人着急地从远处跑来，第一句话：哎哟，我的摩托车！然后才扶起摔倒的我，问我伤到没有。当时的我，又一次气得差点吐血。原来我还没有你那辆破摩托重要！

我一脚踢翻了被他扶正放好的摩托车，心疼死你！

为此，我好几天没有理他。

哎，后来想想，这家伙穷得只剩这辆破摩托，当成宝贝也情有可原。

## 2.

婚后，老公把他老顽童的特质表现得更加淋漓尽致。

老公家是一个大家族，对传宗接代有着根深蒂固的观念。当时我大着肚子，就快要生了。一天晚上，老公趴在我的大肚子上说，宝贝，你如果是女儿，就踢爸爸一脚。肚子里的捣蛋鬼果真用力踢了一脚，当爹的傻笑了半天，也不知是喜是忧。

后来，当儿子呱呱落地，升级成老爸的人，看到是个大胖小子，笑得嘴都咧到了耳根。

在儿子成长的过程中，我负责正面教育，老顽童负责反面教材。

儿子特别喜欢吃冰激凌，我规定不许经常吃冰激凌，只能作为偶尔的奖励。

那个老顽童老爸，在某天酒后想逗儿子开心，于是买了一大口袋各式各样的冰激凌，悄悄地藏在冰箱里。还好儿子经得住诱惑，悄悄向我告密，气得我一个淑女活活变成了河东狮吼。

从此，儿子知道老爸的话不靠谱，凡事都要征求我的同意。

爷俩日常的画风是这样的：

“老爸，好想打游戏啊。”

“儿子，去小姨家悄悄打，你妈不知道。”

“你以为游戏是想打就能打的吗？我妈同意才能打。”

心里一万匹野马奔过。娃是好娃，爹呢，是老顽童，永远长不大。

父子俩倒是臭味相投，一起踢球，下象棋，在家嬉笑打闹。常常前一秒还其乐融融，父慈子孝，下一秒就争得面红耳赤，反目成仇。

唉，老顽童和小顽童一样顽劣，心累啊。

果然，男人不会长大，只会变老啊。

## 3.

在生活中，老顽童是一个迷糊虫。

有一天，我新买了一支洗面奶，放在牙膏的旁边。老顽童晚上刷牙，大声喊：老婆，你这牙膏什么味儿啊，怎么不对劲呢？

我一看，漫不经心地说，洗面奶洗牙齿，是不是香香的呀？某人，满嘴泡沫，嗷嗷直叫。

一日，有朋友来家做客。

老公准备洗澡，刚进浴室就大声叫，老婆，热水是哪个按钮呀？在座的朋友们大跌眼镜，你老公看上去高大威武，原来在家是这样的画风啊。

没办法，搬新家已经一年了，老顽童还是分不清三个长成一样的开关谁是谁，连儿子都记住了，老爸依然记不住。

最后，我只能写上标签，一一贴在开关上。

生活中，最常听到的就是，老婆，我袜子呢？老婆，我衣服呢？你可以自行脑补我翻白眼的样子。

某一日，我有事外出，出门前嘱咐爷俩，明天早晨上学不要迟到了哈。没问题，有我在！老公拍着胸脯说。

第二天，爷俩果然不出所料都睡过了头。儿子急得泪奔，吼他老爸，你是怎么当人家老爸的？我妈不在家，你就让我迟到？

儿子早饭都来不及吃，一路飞奔，总算赶上了。到了学校还不忘给老爸打来电话：老爸，别生气了，我没有迟到，你放心吧。

都说龙生龙，凤生凤，老鼠的儿子会打洞。这么神经大条的老爸怎么生了个小暖男呢。

有一天，早晨起床，老顽童头上冒了个又红又大的包。

哟，这家伙昨晚练拳击去了？不对啊，我分明听到像打雷一般的鼾声啊。

人家委屈地说，昨晚上厕所，迷迷糊糊地撞在了门框上。

我和儿子听了，一阵爆笑。这下好了，开了天眼，成了二郎神了。

## 4.

老顽童每天都乐呵呵，吹着口哨，生活充满阳光。每天总是用夸张的言语和搞笑的动作，逗得我和儿子哈哈直笑。

有一次出远门，老顽童临走前对儿子说，小子，照顾好我老婆，你要敢惹我老婆不高兴，我回来揍你！

遵命，遵命！儿子做个鬼脸滑稽地敬了个礼。和搞笑的老爸在一起久了，连儿子都学会了搞怪。

其实，只有我懂得，老顽童嘻哈的外表下，隐藏着一颗极细腻的心。

几年前，我生了一场重病，把这个乐天派急得从此没了笑容，连睡觉时都皱着眉头。与死亡擦肩而过，老顽童变得细心而温暖。虽然时常用他的搞笑逗我开怀，但欢乐的面具下多了隐隐的烦恼和担忧。

而我心里想的却是，没了我管着，这一老一小两个顽童该怎么办？算了，还是别让他们祸害别人了，自己接着管吧。

其实我知道，老顽童的搞笑，是为了带给我们更多的欢乐。我知道，老顽童的搞笑，背后也有着不为人知的辛酸。

现在，小绵羊换成了轿车。

小房子，换成了大房子。

而我们，都已不再年轻。当年的逗比青年变成了老顽童。

走过了人生最艰难的岁月，在那个他曾经迷路的月城，他拉着我的手对我说：下辈子，我还要找你做我的老婆！

好吧，下辈子你一定要找到我，我的老顽童。

# 麻辣教练与奇葩学员

## 1

家里有车停着，自己却拿它没办法，只有无奈地步行，这种感受不知道你有没有，反正我是受够了。

于是痛定思痛，决定去学车。

年纪不小了，脑袋瓜反应迟钝了，手脚不麻利了，才想起学车，也是醉了。

第一天到练车场，看到的是一个和蔼可亲的老教练，人称老魏。笑眯眯的，说话不紧不慢，不温不火。

之前听别人说大多数的教练都脾气火暴，笨手笨脚的学员常常被骂得狗血淋头，体无完肤。有人被骂得甩手走人，放弃不学，有人被骂得涕泪横流，龟孙一样。

来之前，心里一直打鼓，怕自己挨不住几句骂就会当逃兵。看到老魏教练的那一刻，我放心了。这教练慈祥和蔼，说话慢吞吞，一点也不吓人。

在老魏教练和风细雨的教导中，我和小姐妹们过了几天愉快的时光。

可是，好景不长，我们的正牌教练来了。

## 2.

这一天，练车场的天空特别的蓝。几个小姐妹说说笑笑来到练车场，没见到老魏的踪影。

老魏走了，小魏来了。

小魏教练个头不高，不苟言笑，剑眉星目，一看就是个人狠话不多的主。小魏教练讲解细致准确，示范动作干净利落，的确验证了浓缩的就是精华这句话。

对于我们天天苦练都练不好的倒车入库，小魏教练可以飞车完成，方向盘玩得溜溜转，车速快得飞起，动作流畅，一气呵成。看得我们几个菜鸟目瞪口呆。

生活中常常见到出租车司机在车水马龙的街头，见缝插针，你追我赶，车技一流，我以为那就是技术的最高境界了。

今天才明白真是山外有山，车外有车，出租车司机外有驾校教练啊。

## 3.

教练是好教练，学员个个都是奇葩。练车的过程中笑料百出，小魏教练常常气得跳脚。

在我们之中，资历最久的要数大师兄了，他是上一批没考过的留级生。

大师兄是老油条了，平日里练车车速飞快，我们坐在上面云里雾里，晕头转向。可是这位老兄有考试综合症，一到考试路段的过直线，他就手脚发抖，眼神涣散，不知所以。两次考试，都在同一个地方挂掉。

考试前，我们都等在候考区。大师兄还在琢磨怎样过直线的问题，他恍若入无人之境，两手抓着空气，左转右转，自顾自练习。嘴里还念着口令，左右左，左右左……教练摇着头说，你们大师兄走火入魔了。大家笑得前俯后仰，考试前的紧张一扫而空。

大师兄上车后，紧张得考试综合症又开始发作。他坐在驾驶座上打火，踩油门检查完仪表后这老兄一紧张说："报告考官，各仪表检查正常，左右无障碍，请求起飞。"考官竟然不知道该怎么回应。

走火入魔的大师兄，这次起飞成功，终于考过了。

大师姐年龄比较大，学得慢些，不过她学得一丝不苟。

大师姐上车总是很紧张，双眼平视前方，身体僵硬，挂挡用尽全力。终于，驾校的那辆老爷车经不住大师姐的折腾，档杆被大师姐连根拔起。

大师姐拎着手里的档杆惶恐地问，教练，怎么办？小魏教练哭笑不得，大吼一声，你说怎么办！给我下车去！

大师姐考试的时候，脑子慢半拍，过了倒车入库，为了平复紧张的心情，在考场里停车区停了半个小时。终于理清了思路，又接着考。

我们在外面伸长了脖子等啊等，别人一个个进去了都出来了，大师姐还没出来。难道这个人是考睡着了吗？最后出来的大师姐笑呵呵的，居然一次考过了。

我们有一个可爱的小师妹，懵懂无知，无敌搞笑。

刚上车的第一天，教练下令，上车。师妹麻溜地爬上了副驾驶。教练问，你用什么开车啊？用脚啊，师妹说。那你坐在副驾驶干什么，用意念开啊？

上了车，小师妹说，教练，我好紧张啊。教练一脸鄙视，你紧张，该紧张的是路上走的人！

有一天，我们开着车在路上。教练说，转弯处要减速，然后加小油门，不要突然加速。小师妹一脸懵逼，她弯下腰看了看说，教练，我没有看见小油门啊。我们一车人都笑翻了，只剩下教练独自在风中凌乱。

有次练车刚好是下坡，结果速度一快，小师妹紧张得手足无措猛踩油门，教练大喊：“刹车！刹车！”小师妹慌乱中分不清油门和刹车，急得哇哇直叫。

教练紧急用副刹刹住了车，车的惯性使得一车人都撞了头，大家都惊魂未定。那惊险刺激的程度一点都不亚于坐过山车。

教练故作淡定地掏出烟来，点火的手都微微发抖。他还是不忘讽刺小师妹一句，你真是顶尖的马路杀手啊！

## 4.

我的糗事就多了去了。

倒车入库是最难的，特别是我这个车痴，一点车感都没有。

教练一再强调，先要把车摆正，再按照教练教的固定套路，就能漂亮地把车倒进去了。我把车停好，教练问，车摆正了吗？摆正了啊，我回答。你的车是摆正了的吗？愚钝的我终于听出了反问的语气，意思是，你的车明明就没有摆正啊。

我坐在车里，左看右看，胡乱打了一下方向。说实话，我真觉得自己的车是摆正了的。真是不识庐山真面目，只缘身在此山中啊！

教练看了看我说，是你的眼睛长歪了，还是这条路长歪了？我默默照了照后视镜，竟然不知道该怎么回答。教练，你的反讽手法用得极好，不去当大文豪，简直太可惜了。

考试那天，我的车依然没有摆正。我迷之自信地把车倒进了库，自己看了一下反光镜，歪了。哇塞，技术好好，没有超出红外线，歪得恰到好处。

还好，教练不在，我可以为所欲为，要不然教练又要骂我，眼睛长歪了。

虽然歪歪扭扭，但是我一鼓作气，过五关斩六将，竟然也一次考过了。

我们所有学员都胜利会师，凯旋归来。最大的功劳当然归功于我们的麻辣教练啦！

## 5.

驾照拿到手了，就心安理得的放在抽屉里睡大觉。

有一天，想起教练说的话，驾照拿到了，不要把它当作纪念品收藏哈！于是心血来潮，开车上路。遇到路上车多人多，不免手忙脚乱。

老公在一旁吐槽，不知道你是怎么拿到驾照的！

儿子在后座做鬼脸，什么都不怕，最怕女司机！

我可不管，我不是老司机，我是快乐的女司机，路上遇到我，赶快让让道！

# 有些朋友，从来不曾走远

最近看到很多文章里都说，朋友一路走一路丢，人生的路上最终只剩下孤独的自己。

的确，人生来孤独，最终也将孤独地走向死亡。生命中，许多人来了又走，都是匆匆过客。

情深缘浅，聚散都不由我们。

有的人只陪你一段路程，有的人会陪你走很远很远，然后各自朝着不同的方向继续前行。你以为那些人都已经散落天涯，其实，有些朋友始终在我们心底，从来不曾走远。

## 1.

初中时代，梅是我形影不离的好朋友。少女的心事是我们共同分享的秘密。我们一起上学，一起聊八卦，一起吐槽哪个男生穿了红衣服，哪个女生喷了香水，哪个老师讲课最乏味。我们甚至留一样的发型，听一样的歌，看一样的书。

每到周末，我们会把零花钱凑起来到街边小摊撸串，在袅袅飘起的麻辣鲜香的烟雾中大快朵颐。有时，我们会走遍小城的大街小巷，找一处僻静的场所，躺在草地上看星空。说说笑笑中无忧无虑的时光悄悄从指缝中溜走。

那时候，仿佛有说不完的心里话。少女的心，纤尘不染，没有尔虞我诈，没有柴米油盐，只有对未来的憧憬和向往。

后来，我们走散了。

由于家境的原因，我读了中专，梅读了高中。人生的道路出现了分岔，而我们也朝着各自的方向渐行渐远。

当我回到小县城工作，梅决定读研，最后留学，定居在了英国。

我们一个留在了原地，一个飞过大西洋，住在了地球的另一端。

从此，失之交臂，散落天涯。

多年以后，我生了一场重病之后，身体渐渐恢复。假期，一家人在海边玩耍时，我忽然接到一个越洋电话。是梅，十多年过去了，我依然一下子听出了她的声音。

听到她焦急地询问我的病情，我望着无边无际的大海，想像着海的那一端，想像着她的模样，泪湿眼眶。

原来，她一直都在，她没有走远。

在我们都从青葱少女变成了中年妇女的时候，我们终于重逢了。

梅漂洋过海，站在了我的面前。她还是记忆中的样子，只是手里牵着一个可爱的小男孩。

我们依然找了一个僻静的地方，闲聊家常，诉说心事，仿佛回到了少女时代，躺在草地上看星空的岁月。分别多年，我们都没有变，只是时光在我们的脸颊刻上了风霜的痕迹。

再一次分手，我们微笑着互道珍重。明知分别后不知何时才能再聚，但我们的友情如醇酒，历久弥新，回味悠长。

正所谓，海内存知己，天涯若比邻，这就是我们的写照。

## 2.

读师范时，四个女生住一间寝室。

住在我对面的女孩，是我的闺密，我叫她荷西。因为迷恋三毛，而三毛的丈夫叫荷西，我的闺密也姓何，所以就成了我的荷西。当然，我就成了兜里只有两毛钱的二毛。还有大个子老肖，小个子晓洪，四个性格迥异的女孩，组成了一个大家庭。

三年的学习生涯，我们一起学习，一起吃吃喝喝，一起打打闹闹，革命的友谊越来越深厚。

每到晚上，寝室熄灯了。我们的保留节目就开始了。四个女孩在寝室里学跳交谊舞，还要有专人负责放哨，有值班的老师来了，就赶紧装睡。

有时候，我们会把收到的情书念给大家听，一起来找茬。有什么语病，有什么错别字，大家一一指正，再逗笑一番。

有时候，几个丫头也会吵架，为鸡毛蒜皮的事吵得不可开交。吵过以后，依然在一起说笑打闹。

我和荷西最爱捉弄老肖，每次吃完饭，我们就玩猜拳，谁输了谁就去洗碗。我和荷西互传暗号，两人默契配合，每次都是老肖输。次次都是她洗碗，她倒也没什么怨言，愿赌服输，乐呵呵地去刷碗。我和荷西总是因为小伎俩得逞而乐不可支。

快乐的时光总是短暂，毕业季转眼就到了。一想到要分别，我和荷西都哭成了泪人。其实，我们住的小县城，相隔不远。但是分别总是让人伤感，那时的眼泪是真的，不舍也是真的。

毕业以后，各自为自己的事业家庭奔波，联系渐渐少了。

多年以后，我们又重聚在一起。当初那四个会打架的丫头，现在已为人妻，为人母。可是我们还是和以前一样，彻夜聊天，有着聊不完的话题。

我们见证了彼此的美好，陪伴着一路走过了最美的青春岁月。

如今，我们也见证了彼此的成长，一颦一笑，一举一动都铭刻在彼此的记忆里。

## 3.

生命中，每一个阶段，都会有不同的人同行。

工作以后，也有那么一些心性相投的朋友组成了“四人帮”，一起打麻将，一起喝酒，在流光岁月里，彼此陪伴一起慢慢变老。在遇到困惑的时候，会有人给予鼓励，在开心的时刻，有人一起分享，朋友给平凡的生活增添了不少温暖。

我是“四人帮”里最小的一个，认识她们的时候还是一个不谙世事的丫头，直到现在人到中年了，头上已经有了白发，几个好姐妹依然叫我“丫头”，在她们眼里我还是当年那个小丫头。而我，每当听到这样亲昵的称呼，也感觉仿佛回到了年少时光。

来到简书写作，也遇到了许许多多志同道合的人，有写作的导师也有天南海北的文友。在读她们的文字时，心里充满了温暖和感动。知道有很多的朋友和自己一样，在努力奔跑，追梦的路上有人同行，会感觉没那么孤单。

我们都来自天南海北，却因为共同的爱好走在一起，互相鼓励，抱团成长，大多素未谋面，却像多年的老朋友一样，亲切而熟悉。

感谢每一个陪伴过我的朋友，哪怕后来散落天涯，依然感恩曾经给予彼此的温暖。

亲爱的朋友，请你记得，无论你走多远，我一直都在原地，期待与你重逢。

# 哭嫁

很多情感是要经历许多事情过后，你才会慢慢懂得。

女儿出嫁时，父母会为女儿找到自己的幸福感到欣慰，但也会为女儿的离开而不舍和难过，那种矛盾的百感交集的心情，当初的我根本不懂。

虽然彝族有哭嫁的风俗，但是我当初出嫁的时候，没有流泪。

因为嫁得很近，我和父母住在同一个小县城，回娘家只需要抬抬脚，几分钟就到了。因此，我丝毫没有出嫁的惆怅和伤感。

当我化着美美的新娘妆，穿着彝族传统的百褶裙，走出自己生活了二十多年的家的时候，身后的姐妹们都抹起了眼泪，就连一向刚强的母亲也红了眼圈。

我压抑住心底翻涌起的波澜，提着裙摆款款走出家门，今天我要做一个美美的新娘。

直到我听到父亲在身后喊了一句：女儿，往前走，不要回头！我忽然有些绷不住，心里酸酸涩涩，我意识到自己是真的离开父母，离开家了。

我很想回头看看站在身后目送我的父母和姐妹们，很想看看自己生活了二十年的那间小屋，但是我忍住没有回头。

这一走，女儿就走出了父母的视线，而父母却只能站在原地目送送亲的队伍，浩浩荡荡地离开，直到消失在道路的尽头。

当我在婚礼上迎来送往，幸福地忙碌的时候，我不知道父母在家对着人去楼空的房间，是怎样的感受，我无暇顾及。

婚礼的热闹背后，是父母的孤寂和失落。

从出嫁这一天开始，似乎就预示着父母正式从女儿热闹的生活中退出，从台前退到了幕后，默默等待女儿在忙碌生活的间隙，偶尔回头看一看。

直到后来，当和我情同姐妹的小姑子出嫁的时候，父母当年的心情，我终于懂得。

小姑子出嫁那年，我已经当了母亲，初尝为人母的辛苦。看着小姑子出嫁，当了母亲的我，和当初自己出嫁有了完全不一样的感受。

小姑子出嫁那一天，是一个呵气成霜的冬天。清晨，天还没亮亲人们就开始为小姑子梳妆。梳妆罢，小姑子身着一袭新嫁衣，亭亭而立，真是红颜新妆比花娇啊。如今这个俏丽的女儿就要离开家，嫁作他人妇，别说做父母的了，在场的所有人都感受到了浓得散不开的离愁别绪。

小姑子被簇拥着上了婚车，送亲的车队缓缓离开，屋里只剩下泪湿眼眶的父母亲人，和一屋子热闹过后的空寂。

虽然明明知道小姑子嫁得并不远，就在邻近的小县城，明明知道她可以随时回来，但是我们都知道这次的离开是不一样的，人去楼空的失落依然令人唏嘘感伤。

这时候，我终于体会到了当初我出嫁时父母的辛酸。我也终于懂得，这世上所有的爱都为了相聚，只有父母的爱是为了分离。

回想起年轻的时候，总是恃宠而骄，因为知道父母是世上唯一会无所保留爱自己的人，心安理得地接受父母的付出，没有想过要怎样回报。现在自己养育孩子，才懂得父母的恩情深如海，是我倾尽所有都无法回报的。

出嫁以后的女儿，有了多重身份，不仅仅是女儿，还是儿媳，是妻子，是母亲。如果说儿女是父母的全部，那么对于出嫁以后的女儿来说，父母成了生命中的四分之一。当女儿成了母亲，也会为了自己的孩子倾尽所有，体会身为父母的辛酸与快乐。

爱，在一代又一代的循环中传递。

我们每一个身为女儿的人，都是幸运的，因为有一对天使始终守护着我们。

有一天，这对天使老了，翅膀再也飞不动了，我们也会拥有天使的翅膀，守护着我们想要守护的人。

# 让我为你，拔掉早生的华发

## 1.

二零零三年一月十五日，我结婚了。用现在的说法，就是裸婚。

我们一无所有。

我和老公，常常手拉着手，看夜幕中的万家灯火。每一扇窗都是一个温馨的家，每一盏温暖的灯火，都在等待晚归的爱人。而我们，没有家。哪怕是在这个小小的县城，买房子对于年轻的我们，都是一种奢望。

我们的全部财产，就是一辆破摩托，还是二手的。

周末，老公会载着我四处兜风，我坐在老公的破摩托车上，长发飞扬，成为青春时光不可抹去的记忆。

那个时候，虽然穿着地摊货，依然青春靓丽；虽然穷得叮当响，依然有情饮水饱；虽然囊中羞涩，依然快乐无忧，是真正的穷开心。

情人节时，没有钱买玫瑰的老公，偷偷到别人的花圃里剪来一大捧月季，怀抱着芬芳扑鼻的鲜花来到我面前。

当老公看到我的目光在一套价值不菲的衣裙上流连，他节衣缩食凑了一个月，为我买下了那套打死我都舍不得买的漂亮裙子。

每当夜幕降临，行色匆匆的人们都在回家的路上，每一扇窗都透露出温暖的光，而我们却顶无片瓦。老公说，我会拼尽全力给你一个温暖的家，护你一世周全。虽然，对于当时的我们，这是一种奢望，但是，我相信。

老公就像一匹野马，没有人能够驾驭，唯独遇到了我，他甘愿被套上缰绳，停下狂奔的脚步。

而我，一直是渴望自由的人，却甘愿为爱所困。

我们来到美丽的月城穷游，在邛海边泛舟，沿着蜿蜒的山路登庐山，在陌生的城市四处游荡。那张发黄的照片上，定格了我那一身耀眼的红裙，老公身上皱巴巴的西装，和我们脸上灿烂的笑容。

多年以后，回想起来，再也没有过那样纯粹的快乐了。

年轻总是好的，那时候的我们无所畏惧，对未来充满憧憬。

后来，我们东拼西凑买了一套小房子，虽然债台高筑，但是我们终于有了一个自己的窝。虽然很小很简陋，但是很温暖。

我们有了可以躲避风雨的港湾，不安的灵魂有了安放的处所。

## 2.

人生的滋味总是五味杂陈，甜蜜中掺杂着苦涩。

两年后，老公在老家的父亲，摔下山崖，意外身亡。当我们赶回老家，看到的是老公父亲面目全非的冰冷的身体。老公痛不欲生，几近昏厥。

此后的几年，老公沉浸在悲伤之中，夜夜抱着酒瓶，一醉解千愁。酒醉的老公，有时候会乱发脾气，有时候会抱着我在深夜里痛哭，而我只有陪着默默掉眼泪。

时间是医治创伤的良药，我陪着老公慢慢走出阴霾，陪着他走出了深陷的泥沼，生活终于露出了希望的曙光。

二零零八年，我家楼前的石榴花开得正艳。我从来没有觉得不起眼的石榴花有那么的美丽，它在向我展露笑颜。十二月二十三日，上天赐予我的宝贝，降临人间。那是一个最寒冷的冬天，我在手术台上瑟瑟发抖，寒冷和疼痛让我感受到了冰火两重天，痛并快乐。

儿子先抱出手术室，等候在室外的亲人们欢呼雀跃。医生把我推出手术室的时候，守候在外的老公握着我的手，满眼都是喜悦。

我仿佛看见，我们上空的乌云，渐渐散去。

## 3.

平静而快乐的日子，过了三年。

可爱的儿子，给我们的家带来了欢乐。

胖乎乎的儿子，是一个超级无敌萌娃。他会看到爸爸妈妈的婚纱照，撅起嘴巴生气。“为什么你们结的时候不叫上我？”“妈妈你穿上最漂亮的裙子，我们去照婚纱照！”

儿子胆子小，看见狗就害怕。儿子的爸爸教他一招，看到狗就大声提老爸的名字，狗最怕你老爸。

从此以后，儿子看见狗就大叫老爸的名字，那声势还真是吓退了小狗。儿子不再怕狗狗了，老爸的名字可真好使呢。

三岁生日的时候，他穿着小西装，打着小领结，奶声奶气地说，我三岁半啦！

三岁的萌娃跟着我们，四处游玩。到丽江、大理爬雪山、骑马、逛古城，一路走一路欢笑。到北京、上海、南京，爬长城，登上东方明珠塔，泛舟外滩，看中山陵，每一处美景都留下了一家人甜蜜的回忆。

## 4.

幸福的日子，总是流逝得特别快。

命运的波澜再次起伏，而我们浑然不觉。

面对忽如其来的疾病，我才感到人的生命，原来如此脆弱，死亡原来并不遥远。生活的唯一目标变成了，只要活着就好。在老公的陪伴下，手术、治疗，奔波在求医治疗的路上。

人生的滋味，除了苦还是苦。再苦的药都咬着牙吞下，再难熬的治疗都积极配合。舌尖上的苦，不算什么，心里的苦却让人夜不能寐。对孩子刻骨的牵挂，对未来的迷茫，几欲将我打倒。

医院里，生命来去匆匆，一个个生命的消逝，就如蝼蚁那么微不足道。

可是，无论命运怎样安排，我的人生字典里没有放弃二字。当我选择勇敢的时候，我发现生命的力量其实比我们想像的还要强大。

萧红《生死场》里有一句话，人生如万物，熬过了冬天的就能看见春暖花开，熬不过的就归于尘土。

而我，熬过了寒冬，迎来了春暖花开。

蓦然回首，时光已过十五年，我们都步入了不惑之年。

走过半生，有过很多幸福的时光，也有为了家庭琐事争吵的时候，有过白手起家的同甘共苦，也有在命运的风口浪尖相依为命的时刻，更有历尽风雨的懂得和默契。

我相信，这个世界上没有人比我更懂他，也不会有人像他一样与我风雨相伴，不离不弃。

现在，我们拥有了一个带着小花园的大房子，有了可爱的儿子，破摩托换成了小轿车。老公实现了当初的诺言，他也从年轻的帅小伙变成了微胖的老顽童。

经历了生活的磨难，面对过生死离别，如今的我们，看淡了名利，看轻了得失。对待生命，多了敬畏，对待生活多了豁达。

## 6.

一个清晨，我和老公到附近的公园爬山。走了一圈，我们都累得气喘吁吁。

坐在公园的长凳上，清晨的阳光洒在我们身上。此刻，岁月静好，心无波澜。

老公用手捋过我的长发叫我别动，他轻轻地从我的长发中拔出两根银白色的白发，没有言语。一头如瀑的长发曾是我的骄傲，如今，青春少女变成了中年妇女，黑发里掺杂了银丝。

阳光下，我发现那个我记忆中一直如顽童一般的老公，头上也竟然有了几根白发，在阳光下是那么的扎眼。不知为何，我的眼眶有些湿润。此刻，相伴走过十五年风风雨雨的两个人，心潮起伏却无以言表。

在这样一个美好的清晨，在树木葱郁的公园，在阳光斑驳的长椅上。有一对夫妻，在为彼此拔掉早生的华发。

这平常的一幕，在生活中那么微不足道。而我们，能一路相伴，能看到爱人白头，是一种辛酸，也是一种幸福。

曾经看到这样一句话，生活总是让我们遍体鳞伤，曾经受的苦，吃的亏，担的责，扛的罪，忍的痛，到最后都会变成光，照亮你的路。

让我们的心里的光，照亮彼此前方的路。

余生，让我们携手，静静看着彼此慢慢变老，慢慢白头吧。

# 翻过那座山

那一条崎岖蜿蜒的山路，那一座难以翻越的大山，常常出现在我的梦中，梦里的小女孩艰难地蹒跚前行，心中充满了憧憬和希望。

那一条小路，那一座山，承载了我小时候的悲欢，见证了我的努力和成长，路上洒满了我的眼泪和汗水，它也成了长大后的我梦中不变的风景。

二十年过去了，由于支援二滩水电站的建设，我所在的小县城搬迁到新址，曾经的县城淹没在了水底。那条由小县城通往我的家乡小村庄的路，如今应该乏人问津了吧？

小时候，我和姐姐跟着在城里工作的父亲在城里读书，每到寒暑假就是我们最开心的时候，因为可以回乡下老家和母亲团聚，还可以在家乡的田野里撒开脚丫子撒欢儿。

回家的那一条山路崎岖且漫长，需要徒步整整一天的时间。父亲带着我和姐姐，背着干粮，一步一步用脚步丈量着回家的路。我们需要翻过一座大山，趟过无数条小溪，才能到达熟悉的小村庄。

最难走的路是上山的路，有一段路被称为“三王坡”，一连三个陡坡，爬上一个陡坡，还有一个更陡的坡在等着你。这其中还有一段特别难走的路被称为“猫鼻梁”，顾名思义就是像猫的鼻梁一样陡峭难行。

当我们气喘吁吁，大汗淋漓地征服了“三王坡”，就看到希望了，再沿着缓坡前进不久，就来到了山顶。

翻过山顶，心情顿时欢快起来。山那边，是家乡。

翻过山就有了“柳暗花明又一村”的感觉，接下来的路有蜿蜒曲折的林荫小道，有几根木头搭成的独木桥，有溪水潺潺，还有鸟语花香……

每当遇到小溪流，又累又热的姐妹俩总是跳进小溪玩耍，冰凉的溪水立刻把长途跋涉的疲惫洗濯一空，令人神清气爽。

道路两旁时而是高高的山崖，时而是陡峭的峡谷，时而是茂密的丛林，时而是遍地野花。到了映山红和杜鹃花盛开的时节，山林里被红艳艳的映山红渲染得千娇百媚，一路上山花烂漫，芬芳扑鼻。

我总是会被路边的野花所吸引，采来各色的花朵编成花环戴在头上，仿佛自己就是山中行走的精灵。

从朝阳初升一直走到日落西山，终于远远看到小村庄的影子，一条小路延伸向远方，小路的两旁是绿油油的稻田，金黄的油菜花把小村庄点亮，茅草屋散落在这副水墨晕染的山水画之间，炊烟袅袅升起，即超凡脱俗又温暖清新，家乡的小村庄，就在眼前。

乡村是孩子的游乐场，那里有我童年时代最快乐的记忆。我们在田野里追逐飞翔的红蜻蜓，在小河里捉青蛙，在山上放牛，在森林里找蘑菇……大自然就是一个神奇的乐园，有取之不尽的资源，有无穷无尽的乐趣。

转眼又到开学季，流着泪挥别母亲以后，又踏上了那条蜿蜒漫长的路途。

一样的爬山涉水，一样的翻山越岭，只是心情有了不同。懵懂的小女孩，对外面的世界充满好奇。长途的跋涉，蜿蜒的小路，巍然屹立的大山，看上去都是那么的不可征服，可是抱定一个坚定的信念，我心底有一个声音：山路再难行，也要走出去。

再一次重复来时的路，趟过无数条小溪，咬牙爬上一个又一个陡坡，翻过那座大山，连滚带爬从陡峭的“猫鼻梁”下山的时候，脚软得直发抖。

行走一整天，精疲力尽的时候，小县城出现在眼前。站在高处俯瞰整个城市，密密麻麻的楼房就像积木玩具一样，鳞次栉比，层层叠叠。那是一个锦绣繁华之地，是每一个大山里的孩子向往的世界。

那时，我懂得了翻过大山，就是城市。

“爸爸，城市的外面是什么？”

“城市外面是更大的城市，你要想去看看，就要靠自己了。”

我低头看看自己沾满了泥土的双脚对自己说，我要走出大山，去看看城市的繁华。

后来，我成了我们那个小村庄第一个走出来的彝族女孩，那条流过泪撒过汗水的山路，深深烙印在记忆之中，常常出现在我的梦里。

梦里我又成为当年那个小女孩，心怀梦想，艰难前行。

后来我明白，其实，我们的人生也是一条蜿蜒漫长的道路，当我们觉得很难的时候，那是我们在爬“三王坡”，是我们在征服“猫鼻梁”，再坚持一下，就会攀到顶峰，看到不一样的风景。

在人生的路途上，我们也会翻越很多座山，这座山有可能是疾病、挫折、灾难，也有可能是难以企及的目标，是我们心中的梦想，翻过一座大山可能还有一座大山，只有咬牙坚持才能遇见坦途，才能看见希望。

不要怕山太高，不要怕路途遥远，只要我们朝着目标，不停止追求的脚步，我们的梦想就会离我们越来越近。

# 我没有允许，你怎么能走

## 1.

我家有一个四十岁的老顽童，还有一个十岁的小顽童，顽劣起来简直不分年龄，令人头痛。但也因为这两个顽童，家里欢声笑语不断。

和老公结婚十多年了，当年的我是美丽的乡村女教师，老公是一个热情的小伙儿，我们一无所有，但却义无反顾走到了一起。

有人说婚姻是一座围城，里面的想出来，外面的想进去。还有人说，婚姻是爱情的坟墓。婚姻究竟是什么呢？如人饮水冷暖自知吧。

在我看来，婚姻就是找到一个和自己同舟共济的人，在命运这条湍急的河流中，奋力前行。这条河里，有暗流涌动，有礁石阻碍，有难以预测的风雨。有的人风雨同舟，有的人浪打鸳鸯散，各奔前程。

一路走到最后，风雨打不散的人，爱情融进了血脉，爱人变成了亲人，成了不可分离的整体。

## 2.

十五年前，父亲握着老公的手，把自己心爱的女儿郑重地交给了他。

老公对父亲说，“这一辈子，我都会对燕子好的，我一定会让她过上好日子。”

一转眼，数十载光阴转眼即逝，都说岁月是一把猪饲料，当初那个热情的少年已经变成了油腻的中年男子。

年轻时的日子，时而柔情蜜意，时而剑拔弩张，时而你侬我侬，时而用身上的刺扎得对方满身伤痕。年轻就是折腾再加闹腾，打打闹闹，嬉嬉笑笑，光阴已从指缝间匆匆流逝。

现在的日子，泡一杯茶，捧一本书，时光缓慢，心情舒缓。偶尔对饮两杯，三杯两盏淡酒，闲话家常几句。虽然家长里短，虽然鸡毛蒜皮，但是，最懂我的是你，最知你的是我。那是风雨十载一路走来的懂得和默契。

我们都习惯了，身边有彼此的陪伴。仿佛一幅画，少了你就少了浓墨重彩的那一笔，仿佛一处美景，少了你就少了引人驻足的风采，又如一曲乐章，少了你便少了高潮迭起的华彩乐章。

## 3.

一个寻常的日子，老公回来了，咦，怎么往日每天哼着小曲儿的乐天派，今天有点儿沉默呢。

我正在厨房做饭，听见开门的声音，探出脑袋招呼，“你回来啦？”

老顽童像一个闷葫芦，不出声。

“怎么啦？”我看着他那阴云密布的脸色问。平日里心里藏不住事的老公，有什么事总是竹筒倒豆子似的倒出来，今天却欲言又止。

好家伙，难以启齿，一定是有事瞒着我了。我心里直犯嘀咕，难道闯祸了？输钱了？小三要上门逼宫了？或者……我脑海里顿时浮现出无数画面，继而自己都忍不住笑起来，佩服自己写小说的思维天马行空，又不是演电影，我也当不了“女猪脚”啊。

我坐在老公面前，尽量装出波澜不惊的样子，“说吧，什么事？”

“我今天体检，医生说有甲状腺结节，有一公分大，周围有血流信号，不太好。”

“什么叫不太好？什么意思？”这边刚放下的心，那边又悬了起来。

“我做了进一步检查，结果三天以后才能出来。医生说，如果是恶性肿瘤也不要怕，甲状腺肿瘤是最轻微的一种，好好治疗能活个十年左右，但也有心理素质不好的人，两年就挂了。”

我有点懵圈，不会吧？平日里活蹦乱跳，精力旺盛的老公，壮壮实实体重一百六的大块头，会有事儿吗？

看着忧心忡忡的老公，我安慰他说，“不可能的，检查结果还没出来，别担心，不会有事的。”

虽然嘴上安慰老公，但是我心里打着鼓。

我上网一查，老公的症状的确有些不好说，甲状腺结节在长大，有一公分大，周围有血流信号，和恶性肿瘤的特征有些相似，完了，心更慌了。

等待的日子，时间过得特别漫长，可以说度日如年。

老公是一个心思特别细腻的人，而我的神经有点大条，平日里凡事他都比我想得周到，但是遇事他也会想得太多。

出结果的前一天晚上，老公辗转反侧久久不能入睡。我也心神不宁，不敢去想最坏的结果。

夜很深了，我们都无法入睡。我忽然更深刻地理解夫妻的意义，那不仅仅是爱情，不仅仅是陪伴。那是以你的快乐为快乐，以你的忧伤为忧伤，那是风雨来临时，为对方撑起的那一把遮风挡雨的伞，那是面对至暗时刻，有人与你共同面对的底气和勇气。

在这个思绪万千的深夜里，回忆一幕幕浮现。年轻时的我们，在琼海湖畔留下成双成对的足迹，在洱海边抛洒欢快的笑声，在丽江古城流连，一起登上万里长城，挂上了同心锁……

那些欢乐的时光，仿佛就是昨天，而我们不知不觉间已经人到中年，这不仅仅意味着年华逝去，还意味着我们肩上的担子更重了。孩子需要养育，老人需要赡养，我们有责任为家庭撑起一片天。

可是，我们的身体日渐衰老，我们要面对生活中的种种不如意，面对身体不堪重负的信号。但是，我们没有倒下的权利。

我不敢想象，这个家失去了任何一个成员，会变成什么样子，不敢想象当家庭变得残缺，当幸福有了缺口，当人生有了遗憾……我不敢想下去，眼角已经湿润。

黑暗中，老公的声音有些沙哑，“如果我的身体出现了大问题，你一定要挺住，孩子需要你，这个家需要你，你可不能垮。”

“不会的，不会的，不要瞎说！”我有些哽咽，嘴上安慰着老公，心里却感到深深的恐惧。“我还没有允许，你怎么能先走，说好陪我到老的！”

“如果这次没事，我要带你们母子俩，走遍天涯海角，吃遍所有美食！”

这一个夜晚，是一个不眠之夜。我们用惶恐的心情，等待命运的裁决。

## 4.

终于等到拿结果的时刻，体检中心在四楼，我爬楼的双脚有些发软，老公点烟的手在颤抖。

当医生说出“没问题”三个字的时候，我们如释重负，这些天的阴霾一下子云开雾散。虚惊一场，我长长地舒了一口气，忽然发现原来虚惊一场是这个世界上最美妙的词。

还好，未来的路还很长，我们还可以一起去完成还没来得及完成的事，还可以一起去实现没有实现的愿望。还来得及，不是吗？

你还欠我一次蜜月旅行，你还记得吗？当年一贫如洗的我们，一场婚礼就已经花光了我们所有的积蓄，蜜月旅行的计划只能搁浅。

后来的我们，虽然也去了不少地方，看过不少的美景，尝过无数的美食。

但是，那还远远不够。

我还想要和你一起去西藏，去布达拉宫感受袅袅升起的香雾，聆听暮鼓晨钟和动听的梵唱；去冈仁波齐雪山，感受最凛冽的风和最圣洁的雪，去看经幡在碧蓝的天空飞扬……

我还想要和你一起去新疆，欣赏喀纳斯的美丽风光，感受魔鬼城的神秘，去沙漠看漫天的黄沙和金色的胡杨林……

你还说过，你要带我去巴马长寿之乡小住，感受一下那里神秘的磁场和桃花源般的自然风光。

我还想要和你一起，陪伴孩子长大，把他交到能给他幸福的人手上，看着他获得幸福。

我还有很多很多心愿，只是，你要答应我，我们俩任何一个人都不能缺席，不能让另一半成为孤单的飞鸟。

今生有缘，成为夫妻，既然携手，就要一路走到最后。

我没有允许，你怎么能走。

我要你陪我，直到白发苍苍那一天。

# 儿时的火塘，是不灭的温暖

## 1.

年味儿越来越浓了，心里却再无儿时的欣喜和期盼。

成人的世界，实在无趣，连快乐都没有那么纯粹。还记得小时候最盼望过年，那种欢喜雀跃的心情，是长大以后从来体会不到的。小孩子的幸福总是来得那么简单而且容易。

那个年代，只有过年的时候，才能吃到父亲从城里带回来的糖果，一分钱一颗的水果糖，含在嘴里，令味蕾绽放，久久不散。

对于我来说最开心的事情，莫过于过年的时候有新衣穿了。我排行老二，平常都是捡姐姐的旧衣服，只有过年才能有新衣穿。

记得有一年，父亲给姐妹几个都添置了新衣裳。我们都兴奋地换上了新衣，我高兴地转着圈，重心不稳跌坐在地上，只听见“呲啦”一声响，裤子撕开好大一条口，惹得姐妹们哈哈大笑。而我，好不容易穿上新衣，心疼得直想哭。现在想起，旧时的辛酸变成了令人忍俊不禁的回忆。

## 2.

过年这一天，彝族村寨家家户户是在此起彼伏的杀猪的嘶叫声中，拉开过年的序幕的。

大人们忙着杀猪祭祖，小孩子们自有小孩子们的乐子。呵气成霜的日子，水塘边覆盖的一层层冰凌，扒拉下来就是我们的冰棍，含在嘴里冷得嘴巴都麻木了却依然觉得甜津津凉丝丝，心里快乐得直打颤。

大人们忙着杀猪、烫毛，清理干净的猪肉首先是用来祭祖的，这时候小孩子的任务就是守着猪肉不能让猫狗之类的牲畜染指，否则就是对先祖的大不敬。

等到仪式结束，大人们都累了，倒上一碗酒，你一口我一口，喝着转转酒，闲话家常，谈论着谁家的猪最大，谁家的媳妇最能干，谁家的孩子最有出息，谁家的收成好……

## 3.

等待夜幕降临，是我们姐妹几个最高兴的时刻。那个年代，能三餐温饱就不错了，烟花这样的新鲜玩意儿是不敢想也很少见的。只有在城里工作的父亲，每逢过年会给我们带回一些烟花。因为这些绚烂的烟花，给我们儿时的年味儿增添了几分梦幻的色彩。

放烟花是过年最隆重的仪式，那时的烟花是插在地上的，点燃以后会呼啸着冲向夜空，然后在空中啪地炸开，绽放成一朵彩色的花朵。

但是，如果插不稳倒了，烟花会呼啸着冲人飞来，吓得大家捂着耳朵四散奔逃。于是，我常常是鼓起勇气上前点燃引线，又马上捂着耳朵尖叫着跑开，那种既有点怕又渴望又兴奋的感觉，让人至今犹记。

过年时的烟花，不仅仅是我们家孩子的盛宴，一个村子的小孩都在盼望烟花绚烂绽放的时刻。成年以后，一次和同村的友人闲聊，他依然记得多年前绽放在村子夜空的烟花，那也是他童年时代最难忘的记忆。

## 4.

等到孩子们放完烟花，锅里的肉早已飘出了香味。

彝族是一个豪放多情的民族，最爱的就是大碗喝酒，大口吃肉。

夜幕降临，一家人围着火塘，其乐融融。温暖的火焰在夜色里跳动，照亮了一家人的笑脸。大年夜的菜式简单，主打菜当然是坨坨肉，只需要撒上盐，无需多余的调料，坨坨肉就鲜香无比，引人垂涎。一大盆坨坨肉摆在地上，配上自制的干酸菜加在肉汤里，吃一口肉，再喝一口酸菜肉汤，肉的腻味消失得无影无踪，那种温暖妥帖的滋味，从味蕾直到心间，无一处不舒服妥帖。

有酒有肉，就是好日子，别无他求。

火塘是滋生美味佳肴的地方，如果你嫌煮的肉寡淡无味，可以丢几坨肉在火塘里，猪肉在红彤彤的火炭上，滋滋地直冒着油，不一会儿就肉香四溢。不需要加任何调料，那原滋原味的鲜香，是任何精心配料的韩式烤肉，铁板烧烤都无法比拟的。

我最爱的是火塘里烧出来的烧饼，父亲用院子里新采摘的芭蕉叶，包裹上揉好的面团，埋在火塘的碳火下面，不一会儿，小小的面饼就烤好了，外焦里嫩，一掰开，热乎乎直冒烟，香脆可口，格外好吃。

酒足饭饱后的大人们，围坐火塘，继续闲聊家常。

孩子们都进入了梦乡。玩累了的我，躺在火塘边上，温暖的火苗摇摇曳曳，父母的声音在耳边渐渐模糊，火塘边的小孩子昏昏欲睡。

冬日的夜晚，睡在火塘边上的小孩子，温暖惬意，踏实安稳。

多年以后，经历人生的起伏跌宕，曾经直面死亡，也曾经感到迷茫，人生到最后追寻的是什么？

弱水三千，只取一瓢饮；广厦万间，只眠一榻；腰缠万贯，终是身外之物；人都是两手空空地来，两手空空地去。

当你的欲望越多，你会感到越来越不快乐。

幸福是什么？幸福不过就是记忆里睡在火塘边上的小孩的感受，温暖惬意，踏实安稳。

又到新年，只愿无论岁月几何，心依然如孩子般明净澄澈，心无遗憾，时时心安。

如此，便好。

# 记忆中的那碗水煮肉片

不久前，与师范校的闺密相聚，回忆起校园时光，闺密还记得那时大姐常常带我们去吃的一道菜——水煮肉片，我们齐声感叹，多少年没吃到过那样的美味了。

我记忆中最美味的食物，莫过于那碗冒着红油吱吱作响、鲜香麻辣的水煮肉片了。

我曾照着菜谱，买来最新鲜的食材，一丝不苟依样画葫芦，做出的水煮肉片却总是食之无味，味同嚼蜡。

我也曾在饭店里点了无数次这道自己曾经最爱的菜，可是总感觉差了些什么，再也找不到当初那样的滋味了。

记得那时，是我第一次离开家在住宿制学校读书，其他还好，唯一不太适应的是，被厨师父亲养得有些挑剔的口味，对于食堂的大锅菜实在有些提不起兴致。

那个时候，最开心的事情就是大姐来学校探望我了。大姐每次来的时候，都会带着我和我的闺密到校外的小馆子去美餐一顿。

我们每次必点的菜就是水煮肉片，一大碗肉片端上桌子，面上铺了一层红红的辣椒面，最后才把热油淋上去，辣椒面在滚烫的油中翻腾舞蹈，吱吱作响，辣椒油的焦香味儿和着肉片的香气扑面而来，馋得人垂涎欲滴。

按捺不住伸出筷子一捞，里面的内容可丰富啦，有鲜嫩可口的肉片，翠绿的蔬菜，爽口的豆芽，吃进嘴里鲜香麻辣，一种充实的满足感油然而生。

每一次大快朵颐之后，大姐总是会留下一些钱，或者给我买一些书籍衣物之类的东西。那几年的校园时光，因为有了大姐的保驾护航，快乐而无忧。

我问过大姐，“你在做什么呢？辛不辛苦？”姐姐总是笑着说，“不辛苦，姐姐开了一家服装店，很轻松的。”难怪大姐每次都给我带好看的衣服，我美滋滋地想，改天有空了我要去姐姐的服装店看一看。

校园是一个无忧无虑的城堡，我心安理得地享受着姐姐的付出，根本不懂得什么叫世事艰难。

直到有一次，我没有打招呼就来到了大姐家。我远远地看见大姐坐在一堆高得像一座小山似的土豆面前，她埋着头在土豆堆里挑挑拣拣，把坏了的土豆挑出来，用小刀把坏的部位剜掉。

我站在灰头土脸的大姐面前，久久没有说出话来，直到大姐抬起头看见了我，眼里迸出惊喜的神采，“老二，你什么时候来的呀？”

大姐伸出手想拉我，却又马上缩了回去，那是一双什么样的手啊，沾满了黄土的双手，已经看不出肌肤的颜色，指甲缝里塞满了淤泥，令人不忍直视。

“这就是你说的轻松的生活？”我不知道该怎样表达自己的震惊，只是哽咽着红了眼眶。

“服装店不好做，早就关门了，怕你担心没有告诉你。”姐姐笑着说，“没事的，姐姐不辛苦。”

生活的美好面纱在这一刻，在我眼前缓缓撕开，我看到了生活最真实的模样。

原来我的那片晴空是因为有人在默默为我打伞，原来我的无忧和快乐背后是姐姐的艰难度日，原来美好生活的表象背后，有着我所不能体会的忍辱负重。

从那以后，水煮肉片的滋味多了一丝涩涩的厚重的滋味，那种味道一直留在记忆的最深处，成为了独一无二的难以忘记的味道。无论今后吃到再美味的佳肴，都难以和它媲美。

因为，那是专属于姐姐的味道。

## 可否有人，陪你度过寒冬

落在一个人一生中的雪，我们不能全部看见。每个人都在自己的生命中，孤独地过冬。

——刘亮程

春天来了，春寒依旧料峭。

我来到郊外，春风和煦，阳光温暖，树木吐出嫩芽，桃花吐露芬芳。蓝蓝的天空下，粉红的桃花就像红妆的娇娘，傲然在春光里摇曳生姿。

在这个明媚的春日里，我却听到了不好的消息。

电话里，听不到一丝异样，大姐说得轻描淡写，“你姐夫来找我谈了，我们准备离婚了。”

心里的晴空忽然乌云密布，我竟然说不出一句安慰的话。大姐佯装的坚强是逃不过我的耳朵的，她强忍着悲伤还在给我交代有关房子，有关孩子的事情。站在明媚春光里的我，分明感受到了冬日的寒意。

“大姐，没事的，生活还要继续，不要难过，你还有我们。”我的安慰连自己都觉得苍白无力。

“我没事的，这是我早已预料的事情。”姐的语气里依然没有丝毫的波澜，而我却哽咽得无法言语。

如果可以，我想给大姐一个大大的拥抱，可是她远在千里之外，只有独自一人面对生活的风雨，面对现实生活的残酷。

记得当初大姐介绍姐夫和我们初相识，那时的我们正值青春好年华，姐妹几个推杯换盏，几下就把姐夫灌得七荤八素，晕头转向。第一次见面，豪气的姐妹们就给了姐夫一个下马威。

当时的我们，年少气盛，不识愁滋味。如果我们能预料到多年以后的今天，我们还会因为相逢而欣喜吗？

人生的路，有的是必经之路，哪怕有机会重来，我们依然还会作出同样的选择。

大姐是一个豪放不羁的女汉子，她很早就出社会闯荡江湖，干过苦工，做过生意。落魄的时候，三餐不济，人生得意的时候，一掷千金。

遇到姐夫以后，大姐放弃了自由不羁的生活，陪着姐夫回到了大山深处，过起了最艰苦的生活。

肩不能扛、手不能提的大姐，干起了养猪场。没有任何饲养经验的大姐，手上磨起了老茧，皮肤晒得黑亮，她饲养的小猪却依然不见长膘。由于高山气候寒冷，大姐饲养的野猪总不见长大，大姐吃够了苦头，却没有获得什么经济效益。

最苦的时候，大姐要扛着一大袋玉米去机房磨成玉米面。姐夫是代课老师，大多数时候不在家。大姐一个人扛着玉米去磨面，却发现搜完了所有的口袋，连打玉米面所需要的几十元钱都没有。

大姐说，姐妹亲人都不在身边，她厚着脸皮走家串户借来了几十元钱，当她背着磨好的玉米面走在回家的路上时，不知道是背得太沉，还是心里已经不堪重负，眼泪流了满脸。

人的感情最真的，应该是艰难时的患难与共吧。那时的大姐和姐夫虽然生活艰苦，感情却是最和谐。

大姐和姐夫的婚礼并不风光，只是在姐夫的老家，举行了简单的仪式。简单地化了淡妆的大姐，是我见到过的最美的新娘。大姐灿烂如春花的笑脸，让简陋的新房光芒四射。

婚后的日子，渐渐有了起色。姐夫考上了工作，一家人的生活有了很大的改善，大姐一家从乡下来到了城里。

可是，人生如戏，结局往往让人意料不到。

大姐误入歧途，失去了自由，姐夫独自带着孩子不堪重负。年轻时的患难与共，还是抵不过时间的摧残，抵不过空间的距离。

从此以后，各安天涯。

都说，最好的爱情不过如此，我陪你少年穷，你陪我红颜老。可是我陪你熬过了少年时的穷困潦倒，你却没有陪我到红颜苍老。

现实没有童话故事中那么浪漫和美好，生活的残酷会毁灭我们所有仅存的幻想。

曾读过一句话，人生是一场倾盆大雨，命运则是一把漏洞百出的雨伞，爱情是补丁。

如果你相信爱情，爱情就是你的整个天空。如果你只相信自己，爱情不过是漏雨的雨伞上的补丁。

愿我们，遇到倾盆大雨时恰好有雨伞。

愿我们，进入寒冬时能有人陪伴。

# 你是我的眼

清晨的公园里，有一道独特的风景线，无论严寒酷暑从不会改变。

那是一个戴着墨镜的女子和一个微胖的中年男子，相伴而行的身影。

那女子身形苗条如少女一般，背上背着一把小提琴，脸上戴一副大墨镜，脚踩高跟鞋，走路如风摆杨柳，细细的腰身婀娜柔软。她手挽着一个敦实的中年男子，每天清晨到公园里拉小提琴，风雨无阻。

公园里成双成对的情侣很多，这算不得什么稀奇，但是，这一对夫妻所到之处，必然吸引众人目光，回头率百分百。

我第一次看到他们的时候，很是纳闷。这个女子未免也太张扬，大清早就戴一副墨镜，明明公园里花草繁茂，羊蹄甲开得正盛，一树繁花，落英缤纷，如此美景为什么不去欣赏呢？

我想看看这女子姿色究竟有多出众，竟然吸引了众人的眼光，于是我快步追了上去。等到我近距离看清楚她的相貌的时候，我心里惊了一下。

那是一张被火焰亲吻过的脸，白皙的肌肤上是累累的斑痕，嘴唇也因为伤痕的牵扯往外翻着，一双眼睛有些歪斜变得奇形怪状。整个一张脸，丑陋得有点吓人。

再仔细一观察，原来，她是一个盲人。难怪她无论什么时候，都戴着一副大墨镜，难怪她会吸引众人的目光。

她和我印象中的盲人有很大的不同。盲人一般是什么样子的呢？手里拿着盲杖，一路小心翼翼地探路，那是一种试探的、犹豫的人生姿态。

而这位墨镜女郎婀娜的身姿，自信的步伐，高跟鞋蹬蹬敲击地面的声音，都在告诉我们，她的世界并没有因为失去光明而失去色彩。

中年男子对于大家投来的目光毫不在意，一副泰然自若的样子。那个敦实的中年男子，就像她的另一双眼睛，她可以扶着他的手臂大步向前，不必因为深陷黑暗而裹足不前，不必因为看不见阳光而沮丧失落。

我看着那墨镜女子脸上的烧伤痕迹，不禁想到这原本应该是一张多么秀丽的脸蛋啊，她的人生没有谁能够感同身受，没有谁知道她经历了怎样的惊心动魄，内心的崩塌和重建。

所幸的是，她虽然再也看不见光明，但是她拥有为她导航的盲杖，拥有为她带来光明的另一双眼。

人的一生，常常会有难以预测的遭遇，每一个人，都会有自己不为人知的伤口。我们需要自我疗愈，更需要有人在你软弱的时候给你肩膀；在你绝望的时候，给你希望；在你放弃的时候，命令你坚持。

墨镜女郎站在公园的一角，拉起了小提琴。高大的羊蹄甲树下，她忘情地拉着小提琴，紫色的花瓣飘落在她的头上，她浑然不觉。

旁边站着的男子，眼含笑意，看着优雅地拉琴的妻子。

小提琴悠扬的旋律，女子陶醉的神情，纷纷扬扬飘落的紫色花瓣，是这个冬日里最美最暖的画面。

心中响起那一首歌：

你是我的眼

带我领略四季的变换

你是我的眼

带我穿越拥挤的人潮

因为你是我的眼

让我看见这世界就在我眼前……

那个在树下拉小提琴的女子，她悠扬婉转而又深情的琴声在告诉我们，她看见了照在她身上的金色阳光，她看见了这个美好的世界。

# 我不再是你的软肋，我是你的铠甲

## 1.

人生就是一场豪赌。而你一败涂地，输了所有。

再见你，你在里头，我在外头。铁门铁窗锁住了你，我们近在咫尺，却犹如天涯。

我拿什么拯救你，我的大姐。如果可以，我愿意倾尽所有。而我能为你做的是那么的微薄，那么的让人无奈。

大姐依然是那个混迹江湖的大姐大，看到了我的担心和焦虑，她爽朗地笑着："你放心，大姐待在哪里都是大姐大。大姐什么都不怕，只有你，你是我的软肋。只要你好好的，我就放心了。"

一刹那，所有伪装的平静瞬间崩溃，眼泪决堤。

大姐，从小到大你都是我的守护者。后半生，换我来守护你吧！

## 2.

大姐离开的第一个冬天，格外的寒冷。我不知道，失去自由的大姐，是怎样度过这个寒冬的，而我的心里早已冰天雪地。

寒冬过去了，春寒料峭，心却似乎停留在了冬天。一日，偶然来到郊外。一抬头，看见一株盛放的桃花。原来，春天来了。初春的景色还有些萧瑟，那桃花粉得格外惹眼，惹得我站在桃树下，泪眼蒙眬。大姐，寒冬过去，春天来了，生命依然充满希望，不是吗？

我的生日又到了，习惯了每一年都有大姐的陪伴。而今，再多的人，始终缺少了生命中最重要的那一个人。热闹之中，我的心是孤寂的。少了大姐，心有了缺口，幸福的背后有了隐忧。

生命中很多重要的场合，大姐不能出席。老父亲八十岁生日那一天，接到大姐的电话，父亲在听到大姐声音的那一刻，老泪纵横，泣不成声。

有一种残忍，是你的生命我不能参与，我的幸福你不能见证。

## 3.

记得我读书的那些年，大姐在外漂泊。不管自己有多么不容易，大姐从不在我的面前流露分毫。是大姐让我的校园生活无忧无虑，犹如生活在童话般的城堡里，丝毫体会不到人间疾苦。

那几年，大姐做过很多种生意。卖土豆，卖服装，卖烧烤，其中的艰难和辛酸，只有大姐自己能体会。大姐一生坎坷，无论自己有多难，从没有放弃过供养我读书。

有姐姐是幸福的。喜悦的时候有人分享，痛苦的时候有人安慰。有人陪你一路前行，甘苦与共。

记得那时我们正年少，正是青春飞扬的年纪。大姐、小妹和我三人说说笑笑走在马路上，欢声笑语，笑颜如花。有个少年骑着单车飞驰而过，为了回头看我们，一不小心把车骑进了下水道坑里，摔了一跤，狼狈不堪。而我们原本想放声大笑，看着别人的狼狈样儿，不得不生生憋住，每每想起那个场景，总叫人捧腹。

还记得那时我们年少不识愁滋味，闲暇时总要聚在一起豪饮。身为女子，骨子里都流淌着少数民族豪放的血液。大姐更是女中豪杰，喝酒从不含糊，七尺的汉子都要让她三分。那时的我们，笑声总是那么响亮，快乐得那么纯粹。

没有世事的变迁，没有孩子的牵绊，我们正当好年华，父母还未老去。一切都刚刚好。

现在回想，那应该是此生最无忧的岁月。

## 4.

后来，我工作了，成家了。还没来得及回报大姐，灾难却降临了。

我生了重病，徘徊在生死边缘。大姐东奔西跑，只要听到对我病情有利的东西，总是想方设法找来给我。背着我哭得肝肠寸断，在我面前伪装得云淡风轻。在我万念俱灰，几度想要放弃的时候，大姐总是给我最强有力的鼓励。

其实，我看到了大姐红肿的双眼，我也识破了大姐的强颜欢笑。只是，我们都心如明镜，却相顾无言。

今生，我们有缘做姐妹，而大姐就是上天派来保护我的那个天使。大姐总是站在我的前面，为我遮风挡雨，护我在风雨中前行。

然而，我们都落入了命运的旋涡。

一年以后，我也体会到了大姐当初肝肠寸断的痛楚。喜欢豪赌的大姐，受人蛊惑，铤而走险落入了法网，葬送了自己的后半生。

当我踏上飞往北京的飞机，仰望蓝天，眼泪倒流进了心底，心碎成了碎片。大姐说过要陪我去北京的，而今大姐失约了。大姐身陷囹圄，而我无能为力。想起失去自由的大姐，心痛得无以复加。

时光依然匆匆而过，没有大姐陪伴的日子，心里怅然若失。常常听到爽朗豪放的笑声，心里会想，是我大姐吧？到处搜寻大姐的踪影。常常走在大街上，在人群中看见一个特别像大姐的背影，会忍不住跑上前去看。然后，怔怔地站在大街上，泪落如雨。

最后，才告诉自己，再也没有人处处护你周全，再也没有人事事为你着想。

大姐，还没有回来，你要坚强。

现在，我会为自己，为家人，在风雨中撑起那把遮风挡雨的伞。

大姐，你走以后，我成为了你。

今生，我不再是你的软肋，我要成为你的铠甲！

# 总有一本书，引领你走出黑暗

## 1.

八年前的七月五日，是我三十五岁的生日。

我在医院里度过了这辈子最难熬，也最难忘的一个生日。

没有鲜花和礼物，没有浪漫的烛光晚餐，摆在我面前的是冷冰冰的手术台和生死未卜的未来。

仿佛是一条分界线，三十五岁以后，我一脚跨入了人生最黑暗的阶段。生命的轨迹发生了变化，工作、财富、名与利、得与失，都成了过眼云烟。

我不敢相信，死亡竟然离我这么近。一直以为我还年轻，疾病很远，死亡更加遥远，可是，命运的诡谲难测，让人猝不及防。

告别了亲人朋友，紧紧拥抱孩子，三岁的儿子懵懂无知，不知道叫什么叫离别。忍住眼泪，吻别孩子。我问自己，这不会是永别吧？没有答案。

我一直相信，只要全力以赴，没有克服不了的困难，我从来不是一个懦弱的人。但是，我第一次感觉到，自己的力量渺小如蝼蚁，生命卑微如草芥。我无能为力，只能任凭命运的洪流席卷。

手术，治疗，恢复，一关一关闯过来，熬过漫长的治疗，仿佛做了一场噩梦。挣扎在生死线上，仿佛在和时间赛跑。

我曾经以为，人生还长着呢，还有大把的时间做自己想做的事。

父母，可以慢慢孝顺，忙完手头的事再去看望，连接个电话都匆忙挂断，以后再说吧；朋友还有很多相聚的日子，偶尔电话里聊两句，下次，下次再约吧。

喜爱的书买来放在床头，崭新的，没有翻开过一页，留着以后慢慢读吧；一直想看的电影还没有去看过，以后，以后再看吧。

商场里最心仪的那件大衣，太贵了，以后发了奖金再去买吧；等到发奖金了，先存起来，以后用钱的地方多着呢，以后再买吧。

想去外面的世界走走看看，有时间的时候没钱，有了钱的时候没时间，等以后，孩子长大以后再去吧。

想重新拿起笔，圆自己年轻时写作的梦想，却又对自己说，哪有那么多的时间，等孩子大了，工作不忙了，闲下来了再慢慢写吧。

总是对自己说，时间还很多，我可以等以后。

忽然发现，未必明天就有以后。

## 2.

当厄运来袭，人的力量微不足道。

在无眠的夜里，我常常思考生死大问。活着，为了什么？死后，能留下什么？

当生命的轨迹发生了改变，我一度觉得空虚无望，失去了支撑生命的力量。我一直是一个倔强而清高的人，不愿意用脆弱的一面示人。但是倔强如我，也曾经崩溃哭泣，觉得活着太辛苦，活着没有意义。

我曾经整夜整夜无法入睡，大睁着眼睛，看天边的曙光一点一点照亮整个天空。我曾经觉得，这个世界，就是一座空城，我的天空是灰色的，没有什么值得留恋。我甚至有过轻生的念头，既然命运如此安排，何不如亲手结束自己的生命。

在痛苦中迷失心智的我，眼里看不见未来，心里找不到出口。找不到人生方向的我，一头扎进了书海。

那段时间看了很多书，看佛教书籍，抄写《金刚经》慢慢让内心变得平静，放下执念，摒弃焦躁，变得豁达。

一切有为法，如梦幻泡影，

如露亦如电，应作如是观。

我细读《西藏生死书》，想要找寻生命的意义，触摸死亡的身影，参透生死的奥秘。

虚空不空，真相无相；了了生死，如如不动。死，是天下最公平的结局，没有死便不会再有新生。不管你用一生撞向富贵，还是用一世遇见贫富，最终都会遇到死亡。是有准备地迎接它，还是无预期地撞到它，其实反映出一种人生智慧，体现出一种生命态度。

看朗达•拜恩的《秘密》感知宇宙神秘的力量：

学会发现事物美好的一面，当你面对逆境时更要如此。我们遭遇的每一件事都有助于自己成长，这意味着它们终究是对我们有利的。

你不能用寿命来评估生命的价值，而是应该用你心灵里感到的喜悦的程度。你感到的喜悦越丰盛，你的寿命越长。允许自己放松下来，松口气，感受自由喜悦、生命的乐趣。

看力克•胡哲的《人生不设限》，体会不设限的人生。

力克•胡哲天生无手无脚，这种症状叫作海豹肢症。力克胡哲作为海豹哥，不仅生活得很好，而且好得不像话。他有成功的事业，幸福的家庭。他生而不幸，却活成了人生赢家。他无手无脚，但可以做很多事情，游泳、潜水、踢足球、溜滑板、冲浪，打高尔夫，样样都行。他从一无所有到一无所缺，活出了不受限的生命奇迹。

力克说：

人生的遭遇难以控制，有些事情不是你的错，也不是你能阻止的，你能选择的不是放弃，而是继续努力争取更好的生活。

如果你正打算放弃梦想，告诉自己再多撑一天、一个礼拜、一个月、再多撑一年吧，你会发现，拒绝退场的结果令人惊讶。只有拒绝再试一次的人才会被打败。

看廖智的《感谢生命的美意》，见证生命的柔韧和顽强。

廖智遭遇两次地震，被活埋二十六个小时。失去女儿，失去双腿，失去婚姻。在遭遇常人难以想象的苦难和不幸之后，她却依然心怀感恩，依然热爱生命。

最深的伤，往往带给人最彻底的蜕变。

或是堕落，或是重生。

在道路的尽头，你是选择仰望光明，

还是选择留恋黑暗？

唯有活出来的生命，

才能有力地证明一个人内心深处真正的盼望。

那试图击垮我的，反而成为生命中至深的感激。

不管前路如何乌云密布，我都会竭力冲上云霄，相信密云之上必有阳光普照。

在阅读中，我忘记了自己的伤痛；在书籍里，我邂逅了一个个放光的灵魂；在文字中，我找到了面对苦难的勇气；在知识里，我获得了笑对人生的智慧。

我在别人的身上看到了自己的人生，原来生命的力量如此强大，原来人生有这么多的可能性，原来生命可以这样精彩。

## 3.

文字的力量是无比强大的。

疗愈自己内心的方式有很多，美食、美景，爱的温暖和感动，而我，用文字抚平了内心的痛苦。

以文字为食，用文字疗伤，用文字安抚迷茫的灵魂。

在无数个不眠之夜，我不再焦虑不安，不再迷茫彷徨，而是如饥似渴地阅读，在文字的海洋里遨游。那些或美好或感动或温暖或励志的文字，字字入心，抚平内心的褶皱，安抚内心的焦虑，给迷茫的心灵注入能量和勇气。

世界如此之大，你以为自己正遭受的苦难大过于天，其实你要明白，没有谁的人生是容易的。在一张张陌生的笑容背后，谁又知道别人曾经经历的苦与痛呢，谁又能明了他人深夜痛哭的无助和绝望呢？

只有吃过不为人知的苦，才能在逆境中依然过得云淡风轻。那些自己以为再也过不去了的日子，那些难以入眠的深夜，书籍陪着我度过。

八年后的今天，在小树林的阁楼上，阳光透过树叶斑驳地照在我身上。

手捧一本新书，闻着书本淡淡的墨香，混合着空气中弥漫的玉兰花的香味儿，听着鸟儿的欢叫，体验着人间四月的美好。

劫后余生的美好，我慢慢体会。这世界那么美，生命是那么强大而美好。

感谢苦难，教会了我坚强。

感谢过往，让我学会了珍惜。

感谢书籍，给了我力量和勇气。

虽然人生并不完美，但我依然要感谢生命的美意。生命很短暂，想做的事还很多，心中的梦想还未实现。不要让等待变成遗憾，想做什么即刻去做。

趁现在，阳光正好，我们还未老，去为心中的梦想努力奔跑。

趁现在，风未寒，心亦暖，还来得及诉说思念，去见想见的人，去做想做的事。

哪怕生命只剩下最后一程，让我们把它变成一场狂欢！

# 秋花一般绽放

也许是年龄的关系，步入四十岁以后，特别喜欢清凉舒爽的秋天和在萧瑟秋风里盛开的那些花儿。

春天里姹紫嫣红的花朵固然可爱，可是在百花凋谢后绽放的花儿，摇曳在萧瑟的秋风中的那些花朵，却别有一番风韵。就如年轻的女孩子固然天真而美丽，有阅历有故事的中年女人却如窖藏的红酒那样韵味悠长，更让人心动。

最近读了日本作家汪国香织的一篇文章《像秋花一般的女人》，寥寥数语，却句句击打在心上，令人怦然心动。

“秋天的鲜花孕育着风。芒草、地榆也一样，在广阔的大地上随风上下起舞，眺望着它们，自由的感觉便油然而生。那清爽枯淡的氛围真好，是洗尽铅华的深沉的美。”

那样的景象，想想都会让人欲罢不能。在广袤的原野，秋日的风寂寂地吹过，那盛开在秋风里的花，不与百花争艳，只求这旷野无边的自由和苍凉。

“我希望成为一个像秋天的花一样的女人。在广袤无垠的原野上一枝独放，首先那份孤独就令人怦然心动。”

秋天的花独具风韵，那分明尚未枯凋却貌似枯凋的情趣，就如成熟的女人，眼里的故事是岁月风华的沉淀，脸上的风霜是猎猎风尘印下的痕迹。

原野上一枝独放的秋花，有着令人心动的孤寂，处于人生之秋的女人，那份岁月苍凉的底色和时光积淀的浓厚韵味，同样令人怦然心动。

秋花吸引人的不仅仅是那份秋风里绽放的绚烂，更是纤弱却刚毅的风骨。苍劲的秋风让它随风劲舞，秋日的萧瑟和寒凉，赋予它浓重的色彩和无畏的勇气。

世事一场大梦，人生几度秋凉。瑟瑟的秋风，渲染出的是枫叶般火红的热情，氤氲出的是落叶金黄的情思，衬托出的是苍凉而博大的胸怀，孕育出的是柔韧而顽强的意志。

秋花一般的女子，柔韧而又坚强，脆弱却又充满力量。

前日，在人潮拥挤的大街上偶遇多年前的一位挚友，她风采依旧，只是眼角眉梢已经有了岁月的痕迹。多年未见的我们，当初是躺在上下铺聊梦想，憧憬未来的不谙世事的姑娘，如今遇见，话题却是家庭与责任，老人与孩子，生与死。

这些年，她经历了婚姻的挫败，独自抚养女儿。如今父母已经年迈，两个老人轮番住进医院，连日来的陪伴和护理让她疲惫不堪，分身乏术。但是从她依然苗条的身形和保养得宜的皮肤，得体精致的妆容来看，她依然对生活充满热爱，依然那么美丽动人。

我刚刚经历了父亲的病逝，父亲离开前，我陪着他出入医院如家常便饭，经历了长达一年的陪伴和照顾，深深体会到作为子女的责任和不易。父母年老体衰，需要照顾和陪伴，孩子进入青春期，需要教育和约束，中年女人的肩上，有着沉甸甸的责任。

匆匆道别，看着朋友的背影消失在人流中，我仿佛看见了那一朵盛开在旷野里的秋天里的花朵，在秋风里随风舞蹈，在寒流中兀自绽放出耀眼的光华，从不妄自菲薄，从不顾影自怜，柔韧而又倔强，脆弱却又充满力量。

秋花一般绽放，义无反顾地绽放出最后的芳华，在秋日的旷野上自由舞蹈，感受那份无与伦比的自由和孤寂，那就是秋日之花动人心魄的魅力。

秋花一般的女子，哪怕凋谢，那种繁华落尽的苍凉，那份洗尽铅华的美，也会令你怦然心动。

# 第三辑

# 天使的翅膀，守护你

# 萌娃成长日记

这是一篇孩子的成长日记，自从这个小小的生命降临，生活中多了很多乐趣，也体会到了更深刻的幸福感。

而在这之前，我是一个不太喜欢小孩子的人。在我生病的时候，对未来感到迷茫的时候，我甚至在想，人世间的一切都是负累，如果我孑然一身，或许会更洒脱，更了无牵挂，那么也不会那么难过了。

始料未及的是，后来，我对于孩子这个这甜蜜的牵挂，对所有的辛苦付出甘之若饴。

也因为这小小的生命，给了我面对人生风雨的勇气，让我不放弃，也不懦弱逃避。

## 1. 你是心尖上的那一点甜

当窗外栀子花散发出浓郁香味的时候，我的生命正发生着奇妙的变化，一颗生命的种子正在我的身体里孕育、生长。

花开的季节我收获了我生命中最丰硕的果实。

幸福之余也终于感受到了当母亲的不容易。刚开始反应剧烈，整日食不下咽。几个月下来真变成了黄脸婆，脸上长起了色斑，我都不敢照镜子了。

四五个月，有胎动了。小小的生命听到音乐会手舞足蹈，兴奋时还会拳打脚踢。感受到小生命在身体里悸动，那种感觉非常奇妙，那是真正的母子连心的时刻。

终于到了临产的时刻，躺在手术台上心里有点惧怕，有点期盼。麻药刚过，一醒来就看见了小小的丑丑的儿子，一个新的小生命降临了人间。

抱儿子在臂弯，心里满满的幸福。

伴随儿子牙牙学语，我更加体会到了做母亲的艰辛和不易。

我精心为儿子制作了好几种食谱，把小家伙喂得白白胖胖的。这个小胖子一顿能吃满满一碗荞麦面条或者饺子，我为他熬的五彩粥也吃得香香的。小孃见了宝贝，笑着说像一颗胖胖的圆圆的白芸豆。

宝贝会走路了，会叫妈妈了。爸爸不在家的时候，小家伙会守在妈妈上课的教室门外不肯离去。

小小的孩子，总爱感冒。他一到医院就会害怕，总是拉着妈妈的手喊：救命！妈妈救命！把医生逗得忍不住笑起来。看着孩子受罪，当妈妈的感同身受。当儿子被扎了四五针还没找到血管，哭成一个泪人的时候，我忍不住抱着他逃离了医院。

我发现儿子有着非常好的记忆力，从一岁半开始，我教他背古诗、学儿歌，小家伙总是学得漫不经心可是却能给妈妈惊喜。

儿子特别喜欢表达爱，他会对我说：妈妈，我爱你！还会拉着穿漂亮裙子的我说：妈妈，我们俩结婚去！

儿子萌萌哒的可爱模样，融化了我的心。

可爱的白芸豆，你是妈妈心尖上的一点甜。

## 2. 甜言蜜语的小宝贝

宝贝三岁了，最喜欢过生日，每个小孩过生日的时候他都要抢着去吹蜡烛。

生日这一天，大家热热闹闹的为他庆祝，小家伙穿着小西装，神气极了。宝贝收到了很多生日礼物，开心得合不拢嘴，大口吃着生日蛋糕，成了一只可爱的大花猫。

儿子读幼儿园了。刚开始，不愿意去，很不开心，一副很委屈的样子。但是小家伙的适应能力很强，难过了两天，就每天高高兴兴背着小书包上学去了。

小家伙开始变得叛逆。有了自己的思想，自己的主意。衣服、鞋子要自己穿，笨手笨脚的不允许妈妈帮忙。小家伙还会生气，会发脾气。常常爬上爬下做一些危险动作，看电视还和爸爸妈妈抢台，霸道的爸爸也拿他没有办法。

妈妈说的话也不那么管用了，儿子会按照自己的主意去做事，常常把爸爸妈妈气得吹胡子瞪眼。妈妈气急了就会打他的小屁股，打了过后看着他可怜兮兮的模样又后悔不已。

儿子不听话的时候，只要看见妈妈生气要打人了，就会抱着我的腿撒娇："妈妈，我这么喜欢你，你怎么还要打我啊。"儿子撒娇的可爱模样，让我举起的手又缓缓放下。

儿子四岁了，俨然一个小大人，总是模仿大人说话。儿子会背十多首诗歌，学会了大多数的拼音字母，还会认一些简单的汉字，小家伙很不简单呢。语言也丰富而有趣，常常惹得人忍俊不禁。

只是小家伙词汇还有点混淆不清。他会对我说："妈妈，我们两口子去玩吧。"有时会对爸爸说："爸爸，我们娘俩儿去吃米线吧。"惹得人啼笑皆非。

小家伙最会甜言蜜语了。他会在我怀里撒娇："妈妈，我最爱你了。"小家伙从不吝啬赞美的语言。他总会笑得眯缝着眼睛："妈妈，你的花裙子真好看，你真漂亮！"小嘴巴像抹了蜜一样。想买玩具了，他会拉着我的手："妈妈，我最喜欢你了，给我买一个玩具吧，我保证以后再也不买了。"因此，小家伙拥有了堆成小山似的玩具。

有一天，小家伙看见客厅里挂着爸爸妈妈的结婚照，忽然一下翘起了小嘴巴："妈妈，为什么你们结婚的时候不带上我呢？"我被问得忍不住笑起来："那时候你还在妈妈肚子里呢。"小家伙拉着我的手，"妈妈，那我们俩现在去拍婚纱照吧！”

儿子个子长高了不少，却越来越依赖妈妈了。总是寸步不离的跟在妈妈身后，成了一个小跟屁虫。

又该上幼儿园了，妈妈哈哈笑着：“终于自由了，小跟屁虫上学了。”小家伙却也笑着说，“等我放学回来，我还要当你的跟屁虫。”

妈妈生病了，小小的儿子虽然不明白但却有了不安全感，生怕妈妈会离开他。

有一次爸爸妈妈离开两天，天黑了才回到家。小家伙急急地跑来开门，绕过站在前面的爸爸抱住了妈妈的脖子：“妈妈，我想死你们了。”

对不起，孩子，让你这么小就尝到了离别的滋味。

## 3. 淘气的小鬼

不知道从什么时候开始，儿子变得特别小气。一生气就会有一个招牌动作：双手抱在胸前，翘着小嘴巴：“哼，不和你玩了！”一生气就躲在房间里半天不出来，要哄很久才消气，真是让人头疼的小家伙。

小家伙个性很强，一点都不会让人。和弟弟妹妹玩耍总是和别人抢玩具，生气了还要比着拳头要打人。口头禅：“我打死你！”有一天，我生气了对他说：“你再打人，我叫警察把你抓去。”小家伙一下气得不轻：“警察把我抓走了，你就没有儿子了！”说着抱着双手哭着躲进了房间不出来了。

小家伙不高兴了还会骂人：“坏爸爸，坏老头！”气得他爸爸直跺脚。

小家伙的最爱是冰激凌，生再大的气只要有冰激凌就会忘到九霄云外去。手里捧着冰激凌大口大口吃成了一个小花猫，嘴里还不忘说：“谢谢妈妈给我买冰激凌。”

都说三四岁的小男孩是最淘气的，真是这样。妈妈的口头警告越来越不管用了，小淘气包胆子越来越大，越来越不听话。

有几天情绪特别低落，原本想独自一个人出去散散心，刚想出门，儿子醒了。想把这个小尾巴扔给爸爸，于是躲在门后。“妈妈！妈妈！”叫了两声没听见回应，小家伙开始要哭了。忍不住跑回来抱住他：“妈妈带你去爬山好不好？”小家伙高兴得跳起来。

买上儿子喜欢吃的食物和玩具，我们出发了。儿子才四岁，平时总要爸爸背着。但他懂得体谅妈妈，和我在一起从不要我背。今天，路途比较远，我有点担心。“儿子，我们今天是登山运动员，要能吃苦，要坚持。”儿子高兴地答应了。

一路走一路玩，儿子虽然小，但却能像大人一样和我聊天，让我低落的情绪有了一些缓解。看到路上的风景，感受到大自然的气息，心里轻松了很多。

拉着儿子的小手，走在林间小路上，一路玩耍，一路唱着歌，不知不觉到了山顶，小家伙也不叫累。山顶上凉风习习，俯瞰山下的城市，风光无限。

淘气的儿子，在山间小路上蹦蹦跳跳，时而做出一些惊险的动作。每一颗石头，每一棵小草，每一朵花，都可以是他的玩具。对于大自然，他感到新奇无比，他会追着飞舞的蝴蝶和蜻蜓，不知疲倦地奔跑。

太阳烈了，我们开始往回走，到了一段不好走的石子路，儿子跳在我的前面：“妈妈，别怕，我来拉你。”我笑了，自己都走不好还想拉我呢。

我家这个调皮鬼，虽然淘气，但是也很暖心。

## 4. 我家有只小刺猬

四岁的小男孩像一只小刺猬，脾气越来越不好。

儿子迷上了玩游戏、看动画片。每天一到家第一件事就是看动画片，可以一动不动看好几个小时。一出门就找大人的手机玩，手机里的游戏样样精通，让人有些头疼。

小家伙生气了还会对着大人大呼小叫，有时还会冒出一句粗话来，也不知道哪里学来的。对别的小朋友更厉害，只要惹着了他，必定拳脚相向，就像一只小刺猬。

这孩子，大人说他爱听不听，甚至敢和老爸叫板。知道爸爸溺爱他，爸爸责骂他，他还会朝着老爸比拳头，弄得爸爸哭笑不得。

这样下去怎么得了，一天我准备好好教训这个小子。刚让他立正站好，拿出小棍子，屁股上打了两下，小家伙知道形势不妙。乖乖站好，听着妈妈的训话，眼圈里含着眼泪，扁着嘴："妈妈，我错了，我要改了。"看着他扁嘴要哭的样子，心里又好气又好笑，本来想好好打他一顿的，心一软放下了棍子。"改了就是乖孩子，妈妈不打你了。"等儿子睡着了扒开裤子一看，小屁股上有了红印，又心疼了。

一天，小家伙睡着了，爸爸把他抱上了床，他迷迷糊糊睁开眼一看是爸爸，马上扬起了拳头要打人，老爸哭笑不得。都说女儿是爸爸上辈子的情人，儿子应该是妈妈上辈子的情人吧，所以总是黏着妈妈，而对爸爸这个情敌总是拳头相向。

为了减少小家伙看电视的时间，我和孩子的爸爸商量教孩子下棋，转移一下孩子的注意力，培养他其他的兴趣爱好，还可以开动小脑袋。

先教会小家伙下飞行棋，可高兴了，下了几天太简单了，开始学下跳棋，也学会了，看见家里还有象棋，闹着要学象棋。这可不行，小孩子连字都不认识怎么学呢？

小家伙生气了，眼睛里含着泪水："我认识的，我看过你们下棋，我都认识。""那妈妈考考你。""兵、马、炮……"小家伙真够可以，没人教过他，自己在旁边学会了，让爸爸妈妈大吃一惊。好吧，开始学象棋。

妈妈也不太会下象棋，和儿子一起学习，每天都要切磋一下。刚开始妈妈还觉得略胜一筹，渐渐地小家伙越来越厉害了，有时候三下两下就被打败了。

迷上了象棋的小家伙，走在大街上看见有老人在对弈，他也要走上前观看，他可不知道观棋不语道理，站在旁边“指点江山”：“马踏斜日！”哪知老人已进入无人之境，没人理睬他。

迷上象棋也有麻烦的时候，有时回家很累了，小家伙却硬要下棋，真拿他没办法。这个小象棋高手也有耍赖的时候，偶尔一次输了，还会生气哭鼻子。

我家这个象棋高手很特别，会哭会闹，还会悔棋耍赖。

小刺猬自从学会下棋以后，脾气收敛了很多，学会安安静静地思考了。

## 5. 幸福的小尾巴

儿子上幼儿园去了，出门之前反复交代：“我不在家，你不能去打麻将，不能出去吃饭，去吃喜酒要我在家的时候带上我。”“好吧，好吧。”我笑着回答。

小家伙长大了，开始管起人来了。爸爸晚上出去喝酒，他会打电话去：“爸爸，五分钟之内回来，不然我揍扁你！”

儿子读大班了，开始学写字了，写起字来像模像样。为了得三颗星买玩具，写得可认真了。这么大了仍然是一个玩具迷，玩具买多少都不够，也因为买玩具挨了不少骂。儿子也会偷懒，学写自己的名字比较难，于是没了耐心：“妈妈，我想睡觉。”然后躲在被窝里悄悄看电视。

虽然快五岁了，仍然时时刻刻缠着妈妈，寸步不离。牵着妈妈的衣角，像个小尾巴。有时候爸爸想抱抱也不愿意，为这，爸爸还生了不少气。

有一天，小家伙吃着一大盘水果沙拉说：“妈妈，给我讲讲你和爸爸是怎么认识的。”

妈妈开始吹牛：“当年你老妈很年轻，长长的头发，是个美女。有一天，你爸爸看见了妈妈，眼睛都瞪直了……于是天天送花给妈妈，送礼物给妈妈。后来妈妈一想，虽然你爸爸是个穷光蛋，但是他对妈妈很好，于是就嫁给他了。所以才有了可爱的你呀！”

小家伙早就笑得前仰后合，妈妈也哈哈大笑起来。“再讲一遍，再讲一遍。”母子俩边讲边笑，那快乐的笑声飞出了窗外。

不知不觉儿子长大了，学会独立了。爸爸妈妈出远门，每次去只要交代一下，他会说：“我知道了妈妈，你不用说了。”

有一次爸爸妈妈出门了，小姨忘了去幼儿园接小家伙放学。小家伙给老师说了爸爸妈妈的电话号码，可是爸爸妈妈在飞机上，手机打不通。儿子虽然有些着急，但是忍住没有哭，还和老师聊天呢。

妈妈知道了，打电话说：“儿子，小姨忘了去接你，你着急了吧。对不起，不要生气喔。”电话里传来儿子欢快的声音：“没关系，妈妈，我不生气。”心中的难过和歉疚在听到孩子声音后终于释然。

这个和妈妈寸步不离的小尾巴，真的长大了。

孩子，这一篇成长日记，记录了你成长的点滴，你在渐渐长大，我在慢慢变老。但是，时光无悔，这一路走来，一路阳光，一路欢歌，你已是阳光少年的模样。

陪伴你的日子，就是属于我们的最美好的时光。

你要记住，妈妈会永远站在你身后，在你需要的时候，为你张开怀抱。

# 我是你的 Superman

## 1.

自从有了儿子，我终于明白母亲一词的背后蕴藏的含义。

母亲就是生命的完满，一种油然而生的幸福感。它是发自灵魂深处的爱意，是无论身在何处心中永不停歇的牵挂。

有了孩子，从此不会觉得自己孤单。因为我知道，有一颗心紧紧贴着自己的心，有一个人的身体里流淌着你的血液，有一个人延续着你的生命。

这是多么令人感动而又奇妙的事情。

## 2.

小黑牛这个名字是儿子自己取的，自从《奔跑吧兄弟》热播以来，儿子对奔跑团队中的大黑牛李晨崇拜不已。

于是，他给自己起了一个名字——小黑牛。

意想不到的是，小时候原本长得软萌可爱的儿子，果然长成了壮壮实实的小牛犊的样子。

我家小黑牛是一个十足的吃货，食量也大得像一头小牛犊。随着他个子蹭蹭往上蹿的同时，体重也在不断增加，身板儿非常结实。儿子是一个运动健将，爱骑车爱打球，双节棍舞得虎虎生风。

原本我给他制定的人设，是阳光帅气的钢琴王子，可是，他却被生生变成了一个野蛮生长的小黑牛。

如今已经十岁的儿子，开始有了自己的思想，常常挂在嘴边的语言是：我不。青春叛逆已经隐隐有了苗头。与小时候的暖心可爱相比，变得顽劣了许多。

我和儿子也从小时候的亲密无间变成相爱相杀的相处模式，这样的模式让生活充满了烟火气，虽然也有抓狂发飙的时候，但是温馨有爱的是生活的主旋律。

看着个头蹿得就快要和我一样高的儿子，不得不感叹时光匆匆，而过去的岁月就像是墨汁滴落纸端，洇开的是一圈又一圈幸福的涟漪。

## 3.

记得那是一个石榴花开的时节，看着火红的石榴花，我以为肚子里的小家伙是个丫头。谁知道生下来是个臭小子，而且一出生就瞪着小眼睛，静静地躺在我的臂弯，不哭也不闹，好可爱。

儿子从小就特别黏人，我走到哪跟到哪，像一个小尾巴。

两三岁时就摇头晃脑，跟着妈妈学背唐诗“李白乘舟将欲行，忽闻岸上踏歌声。”

三岁生日时，大家围着儿子唱生日歌，问他几岁啦？儿子奶声奶气地说：“我三岁半啦！”胖嘟嘟的脸蛋一笑两个小酒窝。大家逗他：“酒窝是用来干什么的呀？”“是用来装酒酒的呀！”那个样子，萌化了。

六岁时，儿子开始学会对大人说不了。我要求他单独睡，可小家伙总是耍赖。总闹着说，有僵尸啦，做噩梦啦，睡不着啦之类的，总想赖着和妈妈睡。

记得，那是一个初春的夜晚，还有一些凉意。儿子要我陪着他睡。母子俩相互拥抱着，心里暖暖的。儿子问：“妈妈，你会老吗？会死吗？”“人都会老，都会死的。”

儿子的眼圈红了，“那你老死了，我怎么办？”说着眼泪大颗大颗地掉下来。我急忙哄他：“妈妈不会老，妈妈不会死的。”

六岁的孩子还不能理解生死的含义，心里只有分离的恐惧。

“妈妈，你不能老，也不能死，要一直一直陪着我。”儿子紧紧抱着我。

“儿子，妈妈不老。妈妈是超人，每当你遇到困难的时候，妈妈就会出现在你的身边。”

“真的吗？”“真的。”儿子抽泣着渐渐入睡。

看着儿子胖嘟嘟的脸蛋，我深深地吻他。我知道，是我生病离开他时，在他幼小的心灵深处埋下了阴影。那时儿子才三岁，找不到妈妈了，他只能哭喊：“妈妈，你不要我了吗？”那种不安全感一直延续到现在。

现在，妈妈回来陪伴你了，再也不离开你了，我轻声对熟睡的孩子说。

## 4.

还记得一个风雨交加的夜晚，儿子正酣睡。忽然窗外划过一道闪电，紧接着一个大炸雷。睡梦中的儿子受到惊吓，大声喊：“妈妈！妈妈！”正坐在客厅沙发上的我，马上跳起来，冲进儿子的卧室，抱着儿子，轻轻地安抚，他才渐渐睡去。

其实，妈妈也曾经是小姑娘，也特别怕打雷。而当自己成了母亲，遇到危险时，首先想到的是保护自己的孩子。是孩子，让妈妈变得更勇敢。

孩子，我愿意成为你的超人妈妈，你心中无所不能的妈妈。陪你拼乐高玩具，陪你画画，陪你写作文，陪你做奥数题，陪你运动玩耍，给你做香喷喷的饭菜……

现在你十岁了，长成了小小男子汉。看着你背着书包上学的背影，妈妈觉得时光如梭，一转眼你就长大了。

生命无常，我能给你的是倾尽所有的爱和陪伴。守着你，呵护你，渐渐成长，直到羽翼丰满，能够自由飞翔。

但是孩子，妈妈想告诉你，妈妈会生病，会老去，甚至会死。

这个世界并不是完美的，有贫穷有疾病，有分离有痛苦，有伤害有残酷。

妈妈希望你永远都不要面对这些不完美，即使不得不面对，希望是在你能够承受的时候。

有人说，上帝不能无处不在，因此创造了妈妈。

世上每一个妈妈都是孩子心中的那个无所不能的Superman。为了孩子，穿上坚硬的铠甲。儿子，妈妈会拼尽全力，做你心中的Superman。

可是妈妈不能陪你一辈子，我的宝贝。

最终你会明白，未来有很多的路需要你一个人走。

# 孩子，请你慢慢长大

又到开学季，儿子背着书包去上学。我站在公路拐弯处，目送儿子离开。

小胖墩背着大大的书包，朝我挥挥手，“妈妈，中午记得好好吃饭喔！”见我点头才放心，转身大步向学校走去。

我站在公路拐角处，看着儿子小小的背影消失在人流中，直到看不见。我伫立良久，心生感慨。

记得儿子上幼儿园，第一次离开妈妈。在家里答应要乖乖上学，当看到我要转身离开，还是忍不住哭了。

儿子不像别的孩子，嚎啕大哭，撒泼打滚。他只是隐忍地，委屈地流着眼泪，小小的人儿，特别让人心疼。

上一年级了，陌生的环境，陌生的同学和老师。别的孩子都在追逐打闹，只有他静静地坐在一旁，怯生生的。

不管儿子愿不愿意，他在慢慢长大，慢慢离开妈妈庇护，独自面对属于自己的世界。

现在，儿子三年级了。不再是那个离不开妈妈的小娃娃了。小小男子汉，背着书包，自信而独立，坚定地大步向前。

不管做父母的我们愿不愿意，儿子在渐渐长大，他会拥有他的世界。那个世界是我们做父母的不可企及的。

前不久，朋友的儿子以优异的成绩考上了理想的大学。

开学了，为孩子饯行。朋友开心之余，难掩落寞。孩子羽翼丰满要飞向自己的天空，而父母只能待在原地，一次一次目送孩子越走越远的身影。

我们常常希望孩子快快长大，不要让我们事事费心，处处费神。好让我们从以孩子为中心的生活琐事中解脱出来，做自己喜欢做的事，做回自己。

我们会怕自己老得太快，来不及陪伴孩子长大，不能见证孩子成长的每一次喜悦，每一次成功；不能陪伴孩子每一次挫折，每一次生活的历练。

作为父母，既怕孩子不优秀，落于他人之后；又怕孩子太优秀，飞得太远，自己跟不上孩子的步伐。

伴随孩子的成长，有几多欢喜几多忧愁几多牵挂。

最终，我们才明白，父母对孩子的爱，就是逐渐放手的过程。

龙应台《目送》中写到：我慢慢地、慢慢地了解到，所谓父母子女一场，只不过意味着，你和他的缘分就是今生今世不断地在目送他的背影渐行渐远。你站在小路的这一端，看着他逐渐消失在小路转弯的地方，而且，他用背影默默告诉你：不必追。

每每读到此处，总是难免泪湿。

我仿佛看到了多年以后的自己，仿佛看到了千千万万的母亲，揪着一颗心，送别自己长大的孩子。

亲爱的孩子，趁还来得及，让妈妈好好抱抱你，捏捏你胖乎乎的小脸蛋；趁还来得及，你可以尽情在妈妈怀里撒娇，做像你这样的年纪的孩子想做的事情，可以毫无顾忌。

因为，你就要长大了。

在微风轻拂，阳光和煦的道路上，我愿意停下脚步，等你把怎么也系不好的鞋带系好，我愿意听你用稚嫩的语言，向我描绘你眼里的世界，我愿意用余生的时间，等你慢慢长大。

孩子，请你慢慢长大，妈妈陪着你，不着急。

# 我有一件皮夹克

都说女儿是妈妈的小棉袄，贴心温暖。那儿子呢？

有人说儿子是皮夹克，冬天穿抵挡不住严寒，夏天穿了还热，扔了可惜，还那么贵。只能穿出去显摆，逢人便说你看我有皮夹克。

我就有一件皮夹克，一个十岁的儿子。

一个悠闲的周末的早晨，冬日的阳光照在身上格外温暖，我们一家人到菜市场买菜。菜市场里人头攒动，熙熙攘攘的人群，新鲜的蔬菜水果，各种叫卖声交织在一起，好一幅充满红尘烟火气的画卷。

我们在市场里逛了一圈，我上前挑选，购买，老公和儿子跟在后面。买好了一口袋新鲜蔬菜和水果，我自己提着大步往前走。老公手插在口袋里吹着口哨走在一旁，儿子却走上前从我手中接过口袋。

“儿子，很重的，妈妈自己提吧。”

“不行，我来提。”儿子固执地抢了过去。

大大咧咧的老爸，却生出这么个贴心的儿子，是基因发生变异了吧。

和儿子并排走着，儿子已经长到我的肩头那么高了。我心里一直认为他还是个小屁孩儿，有点调皮，是一个事事需要督促的不省心的小孩子。可是，这个小孩不知不觉间已经长高了，长大了，学会了体贴人。心里有一丝丝的温暖蔓延开来，最后变成了笑意挂在脸上。

谁说皮夹克抵御不了寒冷，我的这件分明很温暖嘛。

儿子是一个吃货，不管什么东西到了他的嘴里都会变成美味。他最爱吃我给他做的红烧鸡翅，常常可以一个人吃掉一大盘。然后摸着圆鼓鼓的小肚皮，满足地打着嗝，桌上剩下一大堆的骨头。

但是即使是面对美味的诱惑，他总是会给妈妈夹一块，给爸爸夹一块，然后再大快朵颐。每当吃到最后一块的时候，他会先让给爸爸妈妈，在确定爸爸妈妈都不吃了过后才给自己。

以前过马路，都是我牵着儿子的手，穿过川流不息的车流，怕顽皮的孩子脱离自己的视线遇到危险。

现在，儿子像一个小小男子汉，过马路时有车辆经过，他会转过身用手护住我，等车驶过再牵着我的手过马路，像小时候我牵着他的手一样。

我付出在儿子身上的爱，儿子学会了回馈。用同样的爱，反馈给了我。

儿子爱运动，样样运动都拿手。最近迷上了双节棍，一对双截棍舞得虎虎生风。那架势，像模像样的，挺能唬人的。和他一般大的小表弟，对他可是佩服得很。

一天，表弟到家里来做客。儿子教小表弟练双节棍，两个小家伙玩得可起劲了，欢笑声不绝于耳。

我带着两个小家伙上街购物，买了几本书，面包牛奶，苹果，两个袋子都装满了。儿子和小侄子。一人手拿一根双节棍，从我手中抢过袋子提着，一左一右走在我身边。那架势，就像两个小保镖。

“我们是你的保镖，保护你！”儿子说。

“我有两个小保镖，这条街上我最威风了！”我哈哈笑着说。虽然冬日的寒风凛冽，但是我心里却暖得一塌糊涂。

这世上，我拥有这样一件皮夹克，足矣。

## 吃货减肥记

我是一个很有成就感的饲养员，我养了两头膘肥体壮的猪队友。

这两个猪队友，一个叫老公，一个叫儿子。

老公那将军肚，常常是未见其人，肚子先到。当年结婚时瘦瘦的小伙没几年就变成了大肚罗汉。

儿子从小胃口好，小时候白白胖胖，脸上肉嘟嘟，手脚就像藕节，圆圆滚滚，抱一会儿就累得手软。

现在长大了，胃口依然那么好。不管给他做什么菜，他都会风卷残云般吃光，还会夸，妈妈做的什么菜都好吃。

儿子身体结实，铁蛋似的。九岁的他，我已经早就抱不动了。儿子也长了一个青蛙肚，每次吃饱了，小肚子鼓鼓的，那样子特别搞笑。

假期开始了，儿子快乐似神仙的生活开始了。每天做完作业，小家伙就靠在沙发上，买一堆零食放在茶几上，看着动画片，一边吃一边看，时不时被剧情逗得哈哈大笑。那日子过得可惬意了。

这样的日子才过一个星期，我明显发现儿子整个人胖了一圈。小脸蛋上嘟着肉，小酒窝都不那么明显了。

我对儿子说，“你再过这种猪一般的生活，你的颜值就垮掉了，没救了。”

儿子照照镜子，哎呀，是长胖了呀。赶紧称体重，哇塞，重了三斤。这还得了，假期才刚开始呢，一个星期胖三斤，那这个假期过完，就胖得变形啦，那不就成了变形金刚啦！

这个吃货，看着飙升的体重，下决心减肥。

减肥计划开始了。

小家伙说，“老妈，给我买哑铃，我和爸爸要练臂力，我们要成为肌肉男。”

“好吧，肌肉男。”我立马买来一对红色的哑铃给爷俩。

第二天，儿子像模像样地练起来了，咬着牙，一、二、三……老爸在一旁用手机拍摄，发朋友圈记录这历史性的时刻，引来无数的亲朋好友点赞。

我在一旁泼冷水，“太高调的开始，最后都会无疾而终。”

“我们会坚持到最后的！”爷俩信誓旦旦。

第三天，爷俩互相监督，在小区里跑步。跑了几圈，大汗淋漓。晚上，儿子一称体重，高兴得跳起来。太好了，瘦了一斤！照这样计算，一个星期可以瘦……一个月可以瘦……儿子掰着指头算着。

第四天，儿子坚持练哑铃，跑步，骑自行车，回到家已是满头大汗。不由感叹道，“老妈，减肥好辛苦啊！”我鼓励他说，“革命还未成功，同志尚需努力。”

一到晚上，称体重的时间到了。儿子蛮有信心地上去一称，咦，怎么才瘦了一两呢？可能是肚子里有尿尿，赶紧上了个厕所，果然少了二两。小家伙终于心满意足地睡了。

第五天，运动完的儿子又站到了体重秤上，体重稳稳地一点也没有减少。这一次上厕所尿尿也不管用了。儿子有点灰心丧气，“老妈，怎么减不下来呢？”

“哪有这么快就成功的，要这么容易人人都瘦成闪电了，减肥需要长期坚持。”

“哎，我太难啦。”小家伙感叹道。

一天，儿子运动完回来，小声说：“妈，我有点饿了。”我装着没听见，没搭理他。

忍了一会儿，儿子又说，“老妈，我饿了，可以吃点东西不？”我还没说什么，当老爸的就说，“吃吧吃吧，饿了就吃，说明身体需要。”

父子俩煮了一大碗面条，稀里呼噜吃得那叫一个欢。吃完了，儿子摸着圆滚滚的肚子躺在沙发上，打一个嗝，“好舒服呀！”

辛苦运动一个星期，一晚上加餐就全补回来了。

从此以后，减肥计划暂告一段落。红色的哑铃被冷落在玩具堆的旁边，落满了灰尘。

儿子再也不称体重了，他说看到称上的数字渐渐变大，好扎心。

儿子感慨地对我说：“哎，谁叫我空有一颗瘦子的心，却长了一个吃货的胃呢！”

最后，那个成为肌肉男的宣言也被抛之脑后，儿子成为了一个快乐的小胖子。

# 老爸是只纸老虎

老顽童有句金句，遇事儿，提老爸的名字！

儿子小的时候，深信不疑，觉得自己老爸的名号真是响当当，很好使。

儿子小时候，最怕狗。一遇到小狗就躲得老远。有一次，老顽童教了儿子一个绝招：“儿子，遇到小狗你就大声提老爸的名字，小狗遇到你就会绕道走。”

儿子信以为真，遇到小狗时壮着胆子走上前，朝着小狗大声喊老爸的名字，小狗一看儿子那个气势，果然绕道而走。儿子乐不可支，老爸的名号太响啦。

从此以后，儿子再也不怕小狗了，一看到小狗，就会主动上前挑衅，大声叫老爸的名字，每次都会把小狗吓退，屡试不爽。

就因为这，儿子开始崇拜他的老爸，老爸好威风！

老顽童朋友很多，市场上的小摊小贩，看到儿子会给他一个煎饼或者水果，小商店的老板看到儿子会硬塞给他两颗棒棒糖，开大巴车的司机也是老顽童的朋友，遇到爷俩会鸣喇叭打招呼，甚至路边执勤的交警遇到老顽童也要闲聊几句。

儿子问老顽童：“警察叔叔你也认识吗？”老爸大手一挥说：“警察是你老爸的兄弟，遇到他们就提你老爸的名字！”

从这以后，儿子每次遇到警察叔叔，都要从车里探出头去打招呼，“警察叔叔，我爸是……”有时车速快，来不及打招呼，儿子会对着坐在车里的人炫耀说，“警察叔叔是我爸的兄弟！”

老顽童长得五大三粗，嗓门特别大，儿子的兄弟姐妹们都有些怕他。孩子们在老顽童面前都规规矩矩，不敢放肆。

儿子小时候最爱和表弟打架，每次表弟来抢他的玩具的时候，儿子就会威胁表弟，“我要去告诉我爸！”表弟立马就怂了。儿子“狐假虎威”这一招，屡试不爽。

老顽童的威信，却在一次酒后被他自己毁于一旦，儿子对此非常生气。

那一次家人聚会，酒喝得有些微醉的老顽童，扎进了小孩堆里，和小孩子们玩得不亦乐乎。“以后我们都是兄弟，你们都叫我小沙！”孩子们一听，可开心了。原来一直以来让大家都有些惧怕的二姑爷，是一只搞笑的纸老虎嘛。

那次以后，无论在什么地方遇到老顽童，孩子们都会叫他“小沙”，叫得可欢了。儿子失去了为他撑腰的后台，表弟也不怕那只纸老虎了。

不仅仅是表弟不怕纸老虎了，儿子也拿住了纸老虎的软肋。每当在老妈那里得不到满足的要求，到老爸那里撒撒娇，老爸一定会有求必应。

儿子最喜欢吃冰激凌，老妈只允许偶尔吃，这个时候，老顽童出场了。老顽童悄悄地买一口袋冰激凌藏在冰箱里，还嘱咐儿子，不要告诉你妈，她要骂人。

儿子眨着无辜的大眼睛，看着老爸，既想吃冰激凌又觉得骗老妈不对，心里很矛盾。藏不住事儿的儿子还是忍不住告诉了老妈，惹得老妈大发脾气，把老顽童好一顿训。

儿子想玩游戏，老妈不允许。老顽童出馊主意，“去你小姨家玩，你妈不知道。”儿子瞪老爸一眼，“玩游戏也要经过妈妈允许才能玩。”

原本下定决心减肥的儿子，好不容易坚持运动了四十分钟，精疲力尽地回到家，老爸正在泡方便面，啃着鸡爪，那香味直往鼻孔钻。饥肠辘辘的儿子抵御不住美食的诱惑，减肥的决心功亏一篑。

渐渐地，老顽童沦为了儿子最不靠谱的兄弟。

儿子的身高像雨后的春笋般飞长，散步的时候，爷俩勾肩搭背，有说有笑，儿子的个头都快有老爸高啦，看上去还真像两个好兄弟。

因为这只搞笑的“纸老虎”，这个不靠谱的“兄弟”，爷俩的生活时而和风细雨，时而战争不断，充满了乐趣。

渐渐地“纸老虎”再没有了当初的威风，以前下棋的时候，经常被老爸杀得屁滚尿流的儿子，现在却可以轻松让老爸成为自己的手下败将；之前在篮球场上灵活自如的老爸，现在还没打几个回合就已经气喘吁吁；现在儿子的双节棍舞得虎虎生风，跆拳道的招数让老爸有些招架不住……

儿子长大以后，发现纸老虎看似威风的背后，隐藏着柔软和溺爱。

随着儿子慢慢长大，纸老虎也在渐渐变老，儿子慢慢懂得，不可能永远躲在老爸的身后“狐假虎威”，人生中有很多事情需要自己独自面对。

# 爱的回响

## 1.

我一直觉得综艺节目大多都只是搞笑，没什么营养。可是却被《我家那闺女》中高亚麟的一句话打动。

高亚麟谈到关于父母的话题时说："父母是我们和死神之间的一堵墙，父母在，你看不见死神，父母一没，你直面死亡。"

是的，父母是我们遮风挡雨的那堵墙，挡住生命的寒冬，挡住生命的无常。而我们，亦是自己孩子的那堵墙，为他撑起晴空万里，岁月静好。

作为父母，即使自己负重前行，也希望孩子岁月无忧，即使自己独自面对人世的艰辛和不堪，也希望孩子的世界充满阳光和美好。

龙应台曾说：很多时候不是我们去看父母的背影，而是承受他们追逐的目光，承受他们不舍的，不放心的，满眼的目送。最后才渐渐明白，这个世界上，再也没有任何人，可以像父母一样，爱我如生命。

爱你如生命，这个世界上，唯有父母。

自从成为母亲，我才懂得，爱是付出，而不是获得。

真正的爱，是发自心底，是你想倾其所有，又怕爱太浓反成负累；是你希望孩子羽翼丰满，却又担心他飞得太远，远得连背影都无法看清。

佛说，前世的五百次回眸，才换来今生的擦肩而过。

父母和孩子，是前世多深的缘分，才得以一世相伴。

## 2.

爱，是一剂心灵的良药。

爱是源于心底的本能，相爱相处却需要技巧，教育孩子更是一门需要不断学习的学问。在陪伴儿子成长的过程中，我也在不断学习和成长。

儿子是一个小吃货，只要有吃的，就很满足。

儿子七岁的时候，有一次在店里玩耍，店里的美食他可以敞开了吃。当他的小肚皮吃饱了以后，他幸福地感叹：幸好我妈是老板啊，我可以想吃什么吃什么，真幸福啊！我不由得想笑，小孩子的幸福就这么简单直接，容易满足。

儿子在作文中写到：我妈妈是一个大老板，管理很多员工，挣很多钱。我看了不禁哑然失笑，原来我在儿子心目中是这样的形象。但是心里，隐隐有些不安，金钱和物质在孩子眼中不该有那么重要。

后来，儿子渐渐长大了。十岁的儿子，个头都快要和我一样高了。

长大后的儿子，开始有了自己的主意，开始有了小小的叛逆，挂在嘴边的口头禅是：烦死了。

我这个老妈在儿子心中的权威和地位似乎大不如前，在发布的命令执行度不高时，心里偶尔会冒出挫败感来。不知道自己在那个小小少年心中，是什么样的位置，心里没底。

前不久学校里组织开展征文大赛，儿子的作文经过我的润色和修改，竟然获奖了。儿子的同学问他，你写作文怎么这么厉害啊，还得了文学新星奖啊？儿子在班里吹牛说：因为我妈是作家！

当儿子回家和我绘声绘色地描述时，我差点喷饭。这个小家伙，小时候认为妈妈是老板，很满足。现在认为妈妈是作家，很自豪，唯独忘记了妈妈的职业是教师。

其实，我只是一个普普通通的母亲，一个想用自己的一言一行影响和感染儿子的母亲。虽然人到中年，我还是没有停下学习的脚步，报了很多课程学习，一直坚持阅读和写作。拿到稿费，获了奖都会和儿子分享，孩子常常比我还高兴。

作为母亲，我只是希望虽然身处物欲横流的浮躁世界，孩子能够从我身上感受到，知识能给人带来智慧，带来力量，带来内心的安宁。我别无所求，能赢得孩子的尊重和认可，能引导孩子养成正确的价值观，这就是我想要的。

孩子渐渐长大，会发现这个世界是不完美的，我希望自己是一个拥有正能量的妈妈，能给孩子更多爱和希望，更多积极向上的力量。

## 3.

我曾经在一个孩子嘴里听到这样一句话：我要努力学习，目的是考上大学离开家，离开我的父亲，越远越好。

从一个孩子嘴里听到这样的话，作为一个母亲，我感到心惊。

什么样的家庭，什么样的父母，养育出了这样的孩子？孩子的控诉，让我明白，冰冻三尺，非一日之寒。

父母对孩子疏于关心，疏于沟通，长期的负面情绪，长期的不满，积压在孩子的心底，成了压死骆驼的最后一根稻草，成了孩子情绪爆发的导火线。

其实，孩子是一面镜子，你付出爱，孩子也学会付出爱；你宽容善良，孩子也学会宽容善良；你尊重和理解孩子，孩子也学会尊重和理解你。

相反，你的自私狭隘会映射到孩子身上，你的暴躁易怒一样会成为孩子效仿的对象，心里充满抱怨的父母，又怎么能教育出快乐阳光的孩子呢。

所以，孩子身上出现的问题，我们都可以从自己身上找出原因。

## 4.

毕淑敏的文章中有这样一段话：

爱是一面辽阔光滑的回音壁，微小的爱意反复回响着，折射着，变成巨大的轰鸣。当付出的爱被隆重接受并珍藏时，孩子终于强烈地感觉到了被爱的尊贵与神圣。

我们爱孩子，但是总是想要孩子按照自己的意愿和要求成长。当爱有了逼迫，附带了条件，爱的味道就变了质。

我也常常嫌弃儿子做什么事都做不好，忍不住老是念叨他，连自己都觉得自己成了唠叨的老太婆。儿子却用一件件小事，温暖了我的心。

每天睡觉前，儿子刷牙的时候，都要细心地把我的漱口杯接满水，把牙膏挤好。

每当盘子里只剩下最后一只鸡翅的时候，明明很想吃，儿子却总是把最后一只鸡翅送到我的嘴边。

每逢节日，儿子总是不会忘记给我准备礼物。小时候是自己制作的卡片，手工折的爱心，几块钱买的“大钻戒”。

今年的三八节，儿子把一个星期的零花钱攒起来，用完了身上所有的钱给我买了一个小礼物。我郑重地收下，并留影纪念。

我知道，这是爱的回音壁，回响出了动听的旋律。

我知道，那个正在成长的少年，并不仅仅只有梗着脖子说我不的那一面。

我知道，刺猬的外壳下面，是一颗柔软的心。

每一个父母，都不是完美的，孩子也是。我们自己都有这样那样的缺点与不足，我们也应该允许孩子犯错，不能事事强求孩子做到尽善尽美。

我们要承认，并不是每一个孩子都是最优秀的，我们要承认，我们的孩子可能和我们一样普通。可是，我们对孩子的爱，并不会因为他的普通而减少分毫。

爱的付出，终会有回响。

悠悠岁月，人生是一次不能回头的旅程。

旅程之中最令人期待的风景，是爱的回音壁，那里永远回响着爱的旋律。

# 如果人生没有遗憾，那该多好

## 1.

因为一档综艺节目《我家那闺女》，儿子成功被傅园慧和她父亲圈粉。

傅园慧那种大大咧咧、乐观积极的生活态度，给她加分不少。她的搞笑和快乐直接感染到了隔着屏幕的观众。

傅园慧的开朗和幽默的基因来自她父亲，傅爸爸的幽默风趣也为他圈粉不少。但是在一期节目中，当大家聊起人生中遗憾的事情，傅爸爸的话题很沉重，他的经历戳中了大家的泪点。

傅爸爸说，他的遗憾是在他父亲去世的时候，没有能够陪伴在他身边。

傅爸爸的话引起了很多人的共鸣，人生总是有很多的遗憾，自己最亲的人离去的时候，都不能见上最后一面，这的确是人生憾事。

可是，时光不能重来，我们只能将遗憾掩埋在心底。心向阳光，继续前行。

## 2.

吃饭的时候，儿子问起这个话题。妈妈，你人生中最大的遗憾是什么？

我想了想，人生的遗憾还真是有呢。我为什么不早点拿起笔坚持写作，虚度了那么多的光阴？我为什么年轻时不重视健康，现在才明白什么最重要？我为什么不好好管住大姐，导致她铸成大错？

人生，真是越到后来遗憾越多，经历的事越多，越不能完美。

童话故事总是以后来王子和公主过上了幸福快乐的生活为结局。可是，人生不是。

只有你懂得直面人生的残忍和遗憾，你才真正懂得什么是快乐。只有经历过，才会懂得，才会看透，人生除了生死，其他都是小事。

最后，我举重若轻地回答儿子，你大姨的离开是妈妈最大的遗憾。

儿子似懂非懂地看着我，他只知道妈妈会时不时去看望大姨，他不懂得什么叫失去自由。他只是问我：妈妈，为什么大姨不回来看她的女儿呢？她不想孩子吗？

我忍住心里翻涌而上的难过告诉他，大姨会回来的，只是还没到时候。

儿子又问他老爸，你人生的遗憾是什么呢？

他爸爸说，我的遗憾就是你爷爷还没有享福就去世了。

老公的父亲，一直是他心底的隐痛。多年前，他在老家的父亲还年纪轻轻，就因为饮酒后从山间小道摔下山崖，意外身亡。儿子们都出门在外，连最后一面都没有见到。等到儿子们赶回家，见到的是面目全非的父亲冰冷的身体。

这一直是老公心里，最深的痛和最大的遗憾。过了好多年，老公才走出失去父亲的阴影，哪怕到了现在，每逢节日，他总是会触景生情。

这世间从没有来日方长，许多人都是乍然离场。有些离别，总是让人猝不及防，来不及留下只言片语。

眼看气氛变得沉闷，我问儿子，那你的人生有什么遗憾呢？

儿子歪着头想了想，用欢快的声音说，我发现我的人生没有遗憾呢！

我们都笑了，在儿子十岁的人生路上，的确是没有什么遗憾呢。

## 3.

人生哪有什么完美，也不可能完满。没有遗憾，就不叫人生。

人生的遗憾究竟是什么？

有人说：错误地坚持了不该坚持的，轻易地放弃了不该放弃的。

也有人说：大学没谈恋爱，年轻时没多读书，亲人故去，来不及见最后一面……

有人的遗憾是：我本可以……

还有人说：来不及说出的爱，来不及追寻的梦。

有太多太多的来不及，有太多太多的错过，也有太多太多的放不下，有太多的事情让人抱憾终生，也有太多的事情令人泪流满面。

可是，过去的终究过去了，往事不可追忆，时光不能重来。

## 4.

如果人生都没有遗憾，那该多好。如果我们都能像孩子一样简单而快乐，那该多好。

但是，没有遗憾，哪来的美好。

绝望过后，是重生。人生处处都是新的起点。

也许遗憾不能弥补，也许失去的永远失去，错过的不会再重逢。但是，力量还在，希望还在，梦想还在。

我们能做的是，学会放下，学会向前看，学会珍惜。

丰子恺的书中说：你若爱，生活哪里都可爱；你若恨，生活哪里都可恨；你若感恩，处处感恩；你若成长，事事可成长。

不是世界选择了你，是你选择了这个世界。享受当下的生活，期许明天的美好。

也许，人生正是因为有笑有泪，有收获有失去，正是因为它的不完美而完美吧。

最后用丰子恺《愿所有遗憾都是成全》一书中我最喜欢的一段话来结束：

上天没有给你的，不是因为你不配，而是因为你值得拥有更好。

愿你生命中遇到的所有遗憾，终将会有一个美好的结局。

# 带刺的爱

## 1.

爱，很多时候都是自私的。

我们常常会在爱里计较得失，付出爱的同时渴望得到回应，努力付出的同时期望得到回报。但是，父母对孩子的爱，却是无法计算付出多少的，因为这份爱永不停歇，绵绵无期。

自从有了儿子，我和天下所有的母亲一样，希望把所有的爱都倾注于他，把最好的东西都给他。我也常常感慨，现在的孩子多幸福啊，拥有那么多的宠爱，有满屋子的玩具，有锦衣和美食。

七八十年代出生的孩子，我们这一代人的童年是最苍白和贫瘠的，不仅仅是物质上的匮乏，更重要的是缺爱。

那个年代，生活很困难，父母为了生计操劳，为了养育四个孩子已经力不从心了。对于孩子心灵的成长，心理的需求，是疏于关注的。

我以为我做得很好，作为母亲，我已经尽力做到最好了。翻阅了很多育儿书籍，学习正确的育儿方法，用心陪伴和教育孩子，和孩子一起学习和成长。

我想，我的儿子无疑是幸福的。

可是，我却发现儿子也有很多委屈。这一发现，令我非常难过。

## 2.

那一天晚上，我和儿子手牵着手走在回家的路上，亲眼目睹了一幕母子俩吵架的场景。

公路边停着一辆小轿车，不知道出了什么故障开不动了，母亲张嘴就埋怨儿子：“叫你别乱开车你不听，这下好了吧？”

这下可好，就像点燃了一个炸药包，儿子瞬间炸毛，在大街上声嘶力竭地骂他的妈妈：“是我弄坏的吗？为什么所有事情都要怪在我的头上来？我就这么令你讨厌吗？”

一个十六七岁的儿子，声音里带着哭腔，声声质问着他的妈妈，他的父亲上前低声劝他，可是毫无作用，最后那个孩子情绪激动地跑掉了。

孩子的母亲无奈地站在原地，看着越跑越远的孩子，抹着眼泪。

看到这一幕，我很震惊。

孩子都是有青春叛逆期，但是这孩子这样过激的表现，这样一点就燃的情绪，让做母亲的情何以堪。那个站在马路边抹眼泪的母亲，心碎而又无奈的样子，孤单无助的身影，让我的怜悯之心油然而生。

看到这一幕，我忍不住现身说法，问儿子有什么感受。

儿子的回答，更令我震惊。

“那个哥哥这样对妈妈很过分，但是他可能受了委屈，才会这样发泄心中的不满。”

是的，其实我已经注意到当时母亲手里还牵着一个小孩子，也注意到母亲语气中对儿子的不信任。

“委屈可以好好沟通，不能用这样的方式发泄，这样会伤害爱你的人。”我站在母亲的立场说。

儿子沉默，我发现他的神色有些异常。

“你也有什么委屈吗，儿子？你可以告诉妈妈。”我试探他。

儿子还没开口，眼泪就先流下来了。

“我爱写错别字，你总是指责我学习不用心，是错别字大王，可是有什么办法呢，我总是爱混淆啊。你还嫌弃我胖，老说我是小胖子，在我添第三碗饭的时候，你总是用一种不可置信的眼神看着我，就像我干了什么坏事一样……”

我张大的嘴巴久久没有合拢，看着一边诉说一边流泪的儿子，我竟然不知道原来儿子心里竟然有这么多的委屈，竟然不知道自己在儿子眼中是这样一个毫不体谅他的感受的妈妈。

我很震惊，也很难过。我想要说，妈妈都是为了你好啊，但是我把想说的话咽下了。这句话似乎是万能的理由，但是并不能成为我的借口。

“我要求爸爸戒烟，因为抽烟他一直咳嗽，可是他只是嘴上答应，从来不付诸行动，他根本不听我的。爸爸说好假期陪我打球，可是一个假期就快要结束了，他才陪我打过两次球，究竟是他的哥们儿重要还是儿子重要呢？”

我默默上前，抱住儿子，心里是惭愧的。

我很抱歉，儿子，我们是那么爱你，以为给了你最好的爱，但是我没有想到我们的爱里竟然带着刺。

什时候刺伤了你，我竟然毫不知情。

## 3.

儿子还是一个孩子，他很快忘记了不愉快，愉快地玩耍起来。

可是我却陷入久久的沉思，我们究竟应该怎样爱孩子，才是正确的方式？我们常常以自认为对的方式去爱孩子，却没有想过孩子需要的是什么样的爱。

我竟然不知道，有时候，爱也会变成伤害。

没有哪个父母是完美的，我们凭什么去要求孩子尽善尽美？接受孩子的平凡，就如承认自己的平庸一样，有时候不想面对，但是这是不可更改的事实。

爱是接纳，是无条件的包容。

我明白，根植在爱里的荆棘，是源于对孩子过高的期望，源于我们把自己的追求强加在了孩子的身上。

亲爱的孩子，谢谢你让我懂得什么是真正的爱。真正的爱，是欣赏，是鼓励，是包容，甚至是忍耐。

我们的爱，常常带着刺，会刺伤最爱我们的人。拔掉身上的尖刺或许很痛很难，但是，只有经历阵痛以后，才会有华丽的蜕变。亲爱的儿子，让我们拔掉身上的尖刺，成为相亲相爱的一家人吧！

# 生命的轮回

晚饭后，儿子在书桌前做作业，我在电脑前码字，这样安静而又温暖的氛围令人心安。

不一会儿，儿子扔下笔说："我不想做了！"

我忙着修改一篇文稿，没有理会他。十一岁的小男孩，常常会有一些奇怪的想法和不受控制的情绪，我已经见怪不怪了。

"如果你写作业累了，就休息一会儿吧。"我知道作业多的时候，小朋友会很烦躁。

有几分钟没有听到动静，儿子已经悄悄地走到我的身后，他轻轻地从后面抱住我，"妈妈，你爱我吗？"

"我爱你呀，儿子。"我捏了捏儿子胖乎乎的脸蛋，转过身抱住他。

儿子很久没有这样黏我了，现在的他有点小小的叛逆，有了很强的自我意识，不会轻易表达情感，还常常会梗着脖子和我唱反调。

肩上一阵温热潮湿，我伸手一摸，儿子脸上全是眼泪。他索性抱着我哭起来，"妈妈，你老了会不会老年痴呆？"

"不会的，不会的，妈妈脑袋灵光着呢。"我安慰着哭泣的儿子，心里感到有些奇怪。

拉着儿子坐下，询问之后才明白，原来儿子的反常情绪是因为读了一篇题为《轮回》的短文。

文中讲述了小时候母亲送儿子去幼儿园，儿子哭着哀求妈妈，“我在家听话，不惹你生气，求你别送我去幼儿园，我想和你在一起。”母亲匆匆忙忙去上班，不理会儿子说什么。

多年以后，母亲日益衰老，患上老年痴呆症，儿子为生计奔波打拼，没有时间照顾她，又不放心让她一个人呆在家里，于是，决定把母亲送到养老院。患病的母亲哀求儿子，“儿啊，妈不惹你生气，不要送妈去养老院，我想和你一起……”

儿子把母亲送到养老院，“儿子你要快点来接我啊……”母亲期待的眼神，让他想起了小时候自己在幼儿园门口期盼妈妈的情景，儿子忍不住泪湿眼眶。

文章所反映的现实让人感到无奈，曾经那么强大的母亲，会变老，会生病，会像一个孩子一样无助。

文章里所讲述的现实是十一岁的儿子无法面对的，他第一次发现生命的无常。但是，人生原本就是不完美的，生命就是一个轮回，不可抗拒的自然规律是我们每一个人都要学着去面对的。

我揽着儿子的肩告诉他，小时候在妈妈眼中外公就是最有力量的人，他是一座大山，是妈妈的依靠。现在，外公变成需要照顾的小孩子，妈妈成了外公的依靠。这就是轮回，生命的轮回。面对生命，我们要有敬畏之心，懂得珍惜生命，但是也要坦然面对衰老和死亡。

儿子似懂非懂地点点头，眼神里写着迷茫。

生老病死，是人生最宏大的命题，在未来的岁月里，儿子，你会慢慢懂得的。

在这个深秋的夜晚，孩子已经入睡，而我久久不能成眠。

透过窗外浓浓的夜色，我仿佛看到了未来的场景：儿子牵着脚步蹒跚，头发花白的我，就像我现在牵着他的手一样；儿子站在原地目送我拄着拐杖渐行渐远的身影，就像我现在目送老父亲渐行渐远的身影一样……

# 膨胀与谦逊

儿子是一个小吃货，每到周末，就是吃货的快乐时光。

一个周末，我带着小吃货去寻找美食。我们来到一家小店，这家店有很多有特色的小吃，刚好也有炸饵块。儿子最爱吃饵块了，软软糯糯的饵块撒上辣椒面，是儿子最爱的味道。

不一会儿，饵块端上来了。小吃货见了美食，顿时两眼放光，大快朵颐起来。可是不一会儿，儿子停住了筷子。

我奇怪地看向他，难道是不合口味？

"妈妈，我从炸饵块上悟出了人生道理。"儿子煞有介事地说。

看着儿子稚气未脱的脸上老成的表情，有一种可爱的反差萌，莫名戳中我的笑点。

我忍住笑，"你都悟出什么人生道理了呀？"

"你看这饵块，膨胀起来的中间是空的，口感也不好，而没有膨胀的饵块，中间是实实在在的，软软的，而且比较好吃。"儿子夹起一块饵块说。

我仔细一瞧，果然如此。高温炸过的饵块，有的被炸得膨胀成了大个头，薄薄的一层皮里面空空的，一戳就破了。而火候适宜的饵块，个头小一些，但是却软硬适中，香辣软糯口感很好。

"我们做人也是这样，膨胀的人，往往是没什么内涵的，而谦虚的人，都是有学问的。"儿子继续发表他的人生感言。

我听了儿子由饵块而发的一番言论，心里有点吃惊，这小子看似还是一个整日里惦记着玩具的，还没有长大的小孩子，没想到竟然可以和我讨论人生了。

我调侃儿子，“是谁昨天还把阅读短文中‘春天的脖子很短’理解成一个叫春天的人脖子很短的啊？”

儿子不好意思了，连连摆手，小声说，“妈妈，你就别说我的糗事了嘛！”

“想不到昨天都还没开窍，今天竟然能有如此的领悟力，怎么我儿子一夜之间长大了？”

哈哈哈，那胖小子笑得合不拢嘴。

“儿子，就如成熟的稻子都是低着头的一样，成熟有内涵的人都是谦逊的。你是想做一个腹中空空、傲慢自大的人呢，还是做一个谦逊有礼、有内涵的人呢？”我趁热打铁地问。

儿子一边忙着吃，一边频频点头，“我当然要做一个有内涵的人。你看，我就是一棵成熟的稻子！”儿子扮了个鬼脸。调皮的儿子，惹得周围的人也跟着笑起来。

“你懂得什么是谦逊吗？”我笑着问。

“敏而好学，不耻下问，这就是谦逊的态度。”儿子不卑不亢地说，这是他才学的知识，懂得学以致用了。

“不错呀，我儿子真的长大了，懂得东西可真多呢。”我伸出大拇指给他点了个赞。

我心里感到很欣慰，不知不觉中，儿子已经长大，他不再是那个只会玩玩具的小朋友了，他可以和妈妈探讨人生了。

周末美食时间，在愉快的氛围中结束了，我知道我已经在儿子的心田播撒下谦逊的种子。

在生活中无数个不经意的瞬间，我在儿子心里播撒下无数颗善良、正直，勇敢的种子，我相信在未来的日子里，将会开出最美的心灵之花。

# 冬风寒，唯有你是暖

冬日的清晨，天色朦胧，刚出家门，寒风迎面袭来，冰凉如水。

“久雨重阳后，清寒小雪前”，在这个被称为“阳光花城”的城市，也已经感觉到了冬日的寒意。

我和儿子一起出门，刚呼吸了一口清冽的空气，转头却不见了儿子。上学时间就要到了，难道这个小家伙又被小区游荡着的小猫小狗吸引住了？

正想催促，才发现原来儿子折返回去，为我们身后的一位老人开门去了，他拉着门等行动不便的老人安全走出大门，才把大门关上。

电梯公寓的出口有一道大门，需要门卡才能通行，遇到行动不便的老人和提着重物的人，开门很不方便。不管遇见谁，儿子总是会热心地为别人开门，这已经成了一种习惯。

儿子背着沉重的书包和老人一起走出来，老人笑着对我说：“你家孩子可乖了，每次都替我开门，帮我提东西。”

看着老人的笑脸和儿子清澈的眼睛，冬日寒冷的风吹在脸上，心里却暖意融融。

儿子是一个内心柔软的男孩子，他的内心澄澈如一汪清泉，没有任何浮尘和杂质。

有一回，儿子的同学用崇拜的语气告诉我，儿子帮助了班上一位受伤的同学，大家都很佩服他。儿子回家却没有提及这件事，在我的询问下，他才告诉我事情的缘由。

班上有一位同学在课间玩耍的时候，不慎摔倒受伤了，蹲在地上哭。大家都认为他是在故意吓唬人的时候，儿子走上前查看，发现同学受伤流血了。于是二话不说，背着受伤的同学到学校医务室，及时包扎了伤口。

“你帮助同学，是好事情，你为什么不告诉妈妈呢？”我问儿子。

儿子说，“帮助同学本来就是应该的，小事一桩没什么可说的。”

是的，儿子的善良是长在心底的，是一种本能，又何须言说。

因为爱帮助同学，看到弱小的同学受到欺负的时候，儿子总是爱打抱不平，所以儿子的朋友很多。

生活中，常常会看到乞讨的残疾人和流落街头衣衫褴褛的老年人。每当这个时候，儿子就会移不开脚步，他柔软的心里，总是情不自禁地生出怜悯。

儿子总是会央求我，“妈妈，我们给他点钱吧，他好可怜，让他吃一顿饱饭吧。”

每一次我都会让他亲手把五元十元不等的纸币，放入乞讨者的钱罐里。

城市里行色匆匆的人们，脸上写着冷漠，而儿子温暖的举动，是投射到人心底的一缕暖阳。

虽然，我早就发现乞讨的老人其实是熟面孔，有的乞讨者四肢健全，却伪装可怜博取大家的同情。但是，我没有告诉儿子真相，我希望儿子的眼中看到的，都是这个世界的善良和美好。

但愿，长大以后的儿子，即使发现了生活的另一副面孔，体验了世界的冷漠和凉薄，依然能保有一颗善良的赤子之心。

这个世界并不完美，但是因为有了那些孩子般赤诚的心，才多了那么多的美好。

冬意浓，你是冬日里一抹暖阳，照亮了世界的美好。

冬风寒，唯有你是心底的暖。

# 待到与你举杯共饮时

当父母的会很矛盾，有时候希望孩子快快长大，能够不再整日里围着孩子，围着锅碗瓢盆转，能有时间和空间为自己而活。

有时候却希望孩子慢慢成长，怕孩子羽翼丰满越飞越高，摆脱了自己的视线，再也追逐不上孩子的脚步。但是，不管你愿不愿意，孩子都在以惊人的速度长大。

一日，一家人出门散步，父子俩哥们儿似的勾肩搭背，有说有笑地走在前面，我走在后面。

猛然发现，儿子的个头在不经意间又长高了，竟然可以和他父亲比肩，壮实的身型与老爸神似，只是比微胖的老爸小了一个号。

在人来人往的马路上，霓虹灯把父子俩的影子拉得很长，时而重叠在一起，时而在前，时而往后，仿佛在光影中互相追逐，亲密无间。

心里忽然有些感慨，时光太匆匆，什么时候孩子已经长这么大了？

还记得儿子小时候憨态可掬的模样，当父亲的总是把孩子当玩具一样爱不释手。那个老顽童父亲，最喜欢逗孩子玩，有一次把儿子高高抛起，落下的时候差点失手，儿子被逗得呵呵呵笑个不停，当父亲的却吓出一身冷汗。

三岁以后，有了自己的思维的儿子就更加有趣了。学会下象棋的儿子，总是缠着老爸下棋，父子俩常常头抵着头在象棋的世界里展开激烈的父子大战。

刚开始，儿子每每输了棋都要哭鼻子，要耍赖悔棋，当老爸的常常故意放水输给儿子。到后来是假戏真做，“教会了徒弟，饿死了师傅”，哪怕是全力以赴也难分胜负。

过两年，下棋哭鼻子的儿子爱上了打篮球，可以在球场上驰骋了。生龙活虎的儿子，常常挑战不爱运动的老爸，父子俩在球场上你追我赶，不亦乐乎。

父子俩的较量，很快就见分晓，不一会儿，老爸就气喘吁吁，大汗淋漓，儿子却像初生的牛犊，依然精力充沛，劲头十足。

父子俩有愉快玩耍的时候，也有为了下棋，为了切磋球技，争得面红耳赤的时候。那个老顽童爸爸和儿子相爱相杀的日常，常常让人啼笑皆非。

儿子长大以后，开始管起老爸来。

自从外公生病之后，他就不允许老爸抽烟了。外公得的是慢阻肺，医生说是因为外公年轻时抽烟引起了肺部损伤，这个病是难以治愈的。

了解了外公的病因，儿子给老爸下了戒烟令。儿子对老爸说：“老爸，咱们来一个约定，你戒烟，我戒饮料，好不好？”看着儿子期待的眼神，当老爸的不得已答应了。

从那以后，儿子只要看到烟和打火机就会扔掉或者藏起来，答应戒烟的老爸却管不住自己，常常偷偷躲起来抽烟。

每次被火眼金睛的儿子发现，又得挨儿子一番“老母亲”似的教训。唉，真是一个让儿子操碎心的老爸啊！

对于总是有应酬，总是很忙的老爸，儿子也会有意见，对老爸发出灵魂拷问：到底是你的朋友哥们儿重要还是你的儿子重要？

儿子真的是长大了，从牙牙学语到现在的小大人模样，哪怕是受到管教受到质疑，当老爸的心里也应该是欣慰的吧。

老顽童有一个愿望，就是希望儿子读大学以后，回家能陪老爸小酌一杯，哥们儿一样谈天说地，对于嗜酒的老爸来说，这就是人生最满足的时刻。

这世上有一种爱，是以分离为目的，那就是父母对孩子的爱。所以，这一个愿望，既希望它快快实现，又希望它慢慢到来。

看着父子俩并肩同行的背影，我有些感动。我们不知道下一辈子是否还能遇见，所以更要珍惜现在相聚的时光。

人生路上，父子可以这样彼此陪伴，并肩同行的时刻，是多么珍贵而美好。

孩子大了，意味着这样的时光会越来越少，他将会离开父母的羽翼，飞向自己的天空。而父母能做的，只是站在原地目送他越飞越高的身影。

所以，我们只能铭记此刻的温暖和美好，在今后的岁月中慢慢回味。

在时光的光影流转中，让我们一起期待，多年以后父子举杯对饮的幸福时刻吧！

# 因为你，我要成为更好的自己

一个周末，去花店买花肥，偶遇了一对母子。

年轻的母亲带着一个四五岁的孩子，在花店旁边的冷饮店买冷饮。走的时候东西忘拿了，回来拿东西时，年轻的妈妈一个箭步跨过了花店店主摆在地上的盆栽。

旁边明明有路，年轻妈妈为了图方便快捷，直接跨了过去，后面跟着的孩子，也准备从盆栽上跨过，花店老板看见了，赶紧喝止那个孩子，否则盆栽可就遭殃了。

待那母女俩走远，花店老板摇摇头说，有什么样的母亲就有什么样的孩子。

的确，父母是对孩子影响最深远的老师，而孩子是父母最真实的镜子。

年轻的时候，我们都想成为洒脱的有个性的自己，可以随心所欲无拘无束，人生才叫痛快。可是，当我们成为父母，我们的一言一行，都成为孩子效仿的模板。我们不仅仅是自己，还是孩子的老师。

因为为人父母，所以我们才要成为更好的自己。

我母亲是一个暴脾气的人，一言不合就要训人。特别是父亲去世后，她变得更加的喜怒无常。年轻的时候，我会因为她的不讲道理而和她争执吵架，现在再生气都只能自己受着，有时候委屈得想要掉眼泪。

但是，我常常是前脚才被母亲骂跑了，后脚又不放心她老人家，买了她爱吃的东西去看她。我时常带着孩子回去探望外婆，孩子也曾目睹外婆的暴脾气，把妈妈的委屈和隐忍看在眼里。

一天晚上，从家里出来，我再一次被母亲气得够呛。儿子默默地拉着我的手，没有说话。

我对儿子说，这就是爱，爱是包容是原谅，爱是忍耐，是不离不弃。养育之恩大于天，外婆怎样对我，于我都是还不完的恩情。这世界上，没有谁是有责任和义务对你好的，任何时候我们要心怀感恩。

儿子是一个聪慧懂事的孩子，我说的他都能懂得。看着我委屈得要掉眼泪的时候，儿子会安慰我说：妈妈，别难过，外婆虽然老对你发脾气，但是我知道，她是爱你的。

小时候，外婆偏爱弟弟家的孩子，儿子和侄子抢玩具打架的时候，外婆总是护着小侄子，儿子很委屈，觉得外婆偏心。

现在儿子长大了，经历了外公的去世，他更懂得体谅外婆了。

可能是耳濡目染，也因为儿子本质上的柔软和善良，儿子成为一个内心充满阳光的少年。

有一次，儿子补完课坐车回家。天气很炎热，有一位老人在路上顶着烈日前行，他伸手拦住了车。可能师傅也动了恻隐之心，也可能因为原本就顺路，师傅让老人坐上了车。

师傅把车上的其中一位乘客送到了目的地，就不愿意再送老人了。老人家住的地方还有比较长的一段路程，而车师傅赶着回去接客人。

儿子于心不忍，对师傅说，你就送送这个老人吧，车费我会叫我妈妈给你的。可是，儿子的要求被师傅拒绝了。

儿子看着老人的背影，心里难过极了。那个老人，身上被汗水湿透，他背着背篓在烈日下走着，像一个搬运食物的蚂蚁，力量那么微小，那么让人怜悯。

回到家，儿子给我讲起这件事的时候，难过得快要流泪，他说，那个老人好可怜啊。

我对儿子说，要想帮助弱小的人，首先自己得强大。只有你拥有了强大的力量，才能帮助更多需要帮助的人。

这个世界没有我们想像的那么美好，当你越长大就会越明白，生命是不完美的，世界是不公平的。但是，只要我们心存善良，心向阳光，人生依然是美好的。

作家冯尘说过一句话：所谓父母子女一场，不过是互相滋养。我原本以为自己为你付出了一切，到最后才发现，成全的，原来是我自己。

为人父母，陪伴孩子的成长的同时，也成全了我们自己。

孩子，让我们都努力成为更好的自己，用自己的力量帮助那些需要帮助的人，为世界增添一份美好吧。

# 第四辑

# 岁月深处，心莲盛开

# 一路陪你，从青丝到白发

## 1.

看抖音看到忍不住笑翻，画面里一对老头老太在浪漫荡秋千，另一对却在华山论剑。背景音乐里唱着：“我能想到最浪漫的事，就是和你一起慢慢变老……”

嫁对了，陪你荡秋千，一生浪漫；嫁错了，和你华山论剑，奉陪到老。

我不由得想起了自己的父母，到现在七老八十了，互怼起来依然互不相让，令人啼笑皆非。

“执子之手，与子偕老”原本是一件多么浪漫的事情，而我的父母，年轻时以武功论高下，到现在老了依然还在华山论剑，难分胜负。

今年父亲八十三岁，母亲七十三岁，几十年岁月相伴，从青春年少到耄耋老年，从青丝到白发，父母的深情，我从来不曾懂得。

直到自己也经历了岁月洗礼，而今终于读懂父母那深藏在岁月风霜背后的情意。

## 2.

年轻时的母亲是个女汉子，从来不懂什么是温柔。父亲却是个温和的老好人，亲戚朋友街坊邻居人人称道。

年轻时的父母，总是话不投机，父亲总是嫌母亲不会说话，情商太低。母亲又嫌父亲做事瞻前顾后，没有决断。看多了父母的争吵，我总以为，父母的结合就是一个错误。

我以为，父母那个年代的人，都不懂什么是感情。我以为，父母除了争吵，剩下的就是凑合着过日子。

其实，是我不懂得。

父亲在城里工作，母亲留在农村守着一亩三分地。母亲很能干，家里总是鸡鸭成群。

每到假期父亲回来，母亲都会为父亲接满整整一筐鸡蛋。父亲身体不好，鸡蛋都是留给父亲的，母亲自己从来不吃。

父亲年轻时，有严重的胃病，最严重的一次是胃出血。母亲翻山越岭，独自一人徒步一整天才风尘仆仆地来到县城。

守在父亲的病床边，看到父亲被病痛折磨得奄奄一息，母亲含泪对父亲说："你放心，如果你有个三长两短，我不会改嫁，我会好好把孩子们拉扯大的。"

那一次，母亲眼里的泪打动了我，我第一次感受到母亲的深重情义。

相比母亲的坚强和大大咧咧，父亲却是一个内心柔软的男人。

父亲在城里工作，每到开学就意味着分别。有一次临走前母亲生病了。看着躺在病床上的母亲，父亲泪洒当场，不忍心离去。

母亲却挥挥手说：别难过，放心走，好好工作！我身体好着呢，没事的。

母亲虽然刚强，但毕竟还是个女人，母亲是怎么咬牙扛过那些无人陪伴的日子的，我不知道。

母亲的不温柔，是我认为她身上最大的缺点。可是，我在以后的岁月中，我才慢慢体会到这种刚强的力量。

我终于明白，夫妻不仅仅只有你侬我侬的爱情，还有岁月沉淀的恩情，历经风霜后的情义。

## 3.

少年夫妻，老来伴。从父母身上，我更加感受到了这句话的含义。

孩子们长大了，有了自己的家庭有了自己的孩子，常常自顾不暇，剩下两个老人互相陪伴。偶尔回家，两个老人依然是你一句我一句，拌嘴是生活的主旋律。

母亲喜欢喝点小酒，儿女们长大了，总是控制着，怕她喝多了伤身体。父亲却总是对儿女们说，让她喝点吧，她心情高兴，多喝点没关系。

母亲喜欢凑热闹，亲戚朋友有什么喜事，她总想去瞧瞧。儿女们不放心老父亲一个人在家，总是劝她不要乱出门。父亲还是那句话，她高兴就让她去嘛，你们的妈妈老了，还能去几回呢。

原来，父亲是懂母亲的，他以自己的方式宠着母亲。

人这一辈子，遇见爱情遇见缘分都不稀奇，最难得的是遇见懂你的人，愿意宠着你的人。

## 4.

去年，父亲病了，病得有些严重。我们把父亲送到了市里的大医院去医治，母亲则独自留在家里。

一家人都忙着照顾生病的父亲，那个最怕寂寞的母亲，没有人陪。

父亲病情好转了，一天晚饭后，我陪着他出去遛弯，母亲打来电话，父亲耳朵不好，母亲在电话里大声说："身子好点没有？不要担心我，好好治好了再回来。"

父亲笑了，"你一个人在家不要害怕，我过两天就回来了。"

父亲了解母亲的软肋，他知道母亲外强中干，一个人在家会害怕。我在一旁笑了，心里有些感动。

这就是老夫老妻，虽然天天拌嘴，但是你不在身边，我就会不习惯。

现在的父母，依然把拌嘴当作生活的乐趣。父亲总是嫌弃母亲做饭不好吃，骂她活了一辈子了，还是不会做饭。

转过背父亲却对我说：“我百年以后，最不放心的就是你妈，跟着儿女住，怕她会不习惯，她自己吧，连饭都煮不好。”

父亲，是心疼母亲的。

父亲病重的时候，坚若磐石的母亲，也曾流下眼泪。她依然倔强地说，“够了，这辈子你父亲能陪我到现在，已经够了。有几个人能活到你爸这样的岁数呢？”

是啊，“愿得一人心，白首不相离。”能够相伴白首，夫复何求呢。可是天长地久有时尽，恩爱夫妻最终也要面对离别。

两个人要有多深的缘分，才能够一辈子相依相伴，从青丝到白头。

一个人要有多深的福分，才能够找到那个可以一辈子与你华山论剑的人。

父母的爱情，没有蜜语甜言，没有浪漫的色彩，有的只是朴实的陪伴。

其实，最厚重的爱，就是一辈子的陪伴。

# 干杯吧，母亲

## 1.

我有一个奇葩的母亲，一个让人觉得不可思议的女人，一个具有传奇色彩的彝族女人，一个让我爱恨纠结的女人。

五十年代的女人，婚姻都听父母之命媒妁之言，而母亲却敢于挣脱包办婚姻的牢笼追求自己的幸福生活。

在那个年代，母亲常常做一些“离经叛道”的事情。

那个挥着鞭子汗如雨下犁田的女人，是我的母亲；那个大着肚子喝着烈酒高声谈笑的女人，是我的母亲；那个喝醉了酒敢和男人单挑的女人，是我的母亲；那个穿着彝族五彩的百褶裙，说话做事却如男人般风风火火的女人，就是我的母亲……

母亲的身上看不到一丝女人的温柔，她有着东北男人般火暴豪放的性格，十里八村都能听见她爽朗的笑声或者打骂孩子的声音。

在村子里，任何一个场合都会有她开怀畅饮的身影，少了她就少了几分热闹。后来当我们家搬离了那个小村庄，乡亲们都说村子里一下子变得寂静无趣。

我从小就不喜欢母亲，她不是我心目中理想的女人的形象。我渴望有一个温柔贤惠的母亲，每当看到别人家的母女亲密无间的镜头时，我心里真不是滋味。

我和母亲之间仿佛隔着一条银河的距离那么遥远。

## 2.

母亲是一个狠心的女人。每到假期，她会押着孩子们上山干活。她会让我干最重的活，把背篓压了又压，装了又装，压得我直不起腰，举步艰难。还在后面恶狠狠地说："记住，农村就是这么辛苦！"

母亲是一个不服输的女人。由于父亲常年在外工作，家里的农活全靠母亲一人打理。母亲上山砍柴，下地犁田，从不比别人家差，也从不叫一声苦。每次回到家，家里总会有一篮子一篮子的鸡蛋，一群群的鸡鸭，一筐筐的粮食。

一次，父亲病重。母亲翻山越岭赶了一天的山路来到城里，她看到年幼的我无人照看独自一人在路边玩耍，看到父亲面色苍白卧病在床。

母亲抱着我对父亲说："放心吧，孩子我会照顾的，万一你的病好不了，我会带着孩子一辈子不改嫁！"

农村的日子再苦再难，我从没有看见过刚强的母亲流过眼泪，那是第一次。

我一直认为母亲不喜欢我，我也打心底里不喜欢这样的母亲。可是，这一次母亲的眼泪悄悄地滑过她的脸庞滑落在了我的心底。

## 3.

童年时代有太多不愉快的记忆，父亲的病痛，没有依靠的日子令人不愿意去回想。

长大后的我变得独立而倔强。孩子都会依恋自己的母亲吧，而我不会。

我一心想成为和母亲完全不一样的女人。我对母亲的不满随着岁月的积淀越来越深，最后终于爆发了一场战争。

母亲爱喝酒，酒量还不小，算得上是女中豪杰，一般的男人都喝不过她。我却不喜欢她喝酒以后手舞足蹈的样子，也不喜欢听她的大嗓门。

更让我容忍不了的是母亲喝醉以后只要心里有什么不顺心的事情就要发

脾气。温厚而老实的父亲就成了受害者，不得不一次又一次的容忍她的坏脾气。

一天，我听见母亲又在大声指责父亲的不是，我再也听不下去了，心里积压的不满一下子爆发了。我冲进屋里把母亲的酒瓶全部砸得粉碎。家里一片狼藉，我和母亲怒目而视。

看到我眼中仇恨的目光，母亲沉默了。也许是一地玻璃的碎片刺痛了彼此的心，也许是一屋子的酒气熏红了我的双眼，倔强的我流泪了却没有说一句道歉的话。

当时的我没有意识到，自己骨子里有着和母亲极为相似的基因，有着坚硬的不服输的一面。

## 4.

多年以后，那个倔强的女儿长大了，离开了家，拥有了自己的天空，经历了人情冷暖。

很多年过去了，母亲和我之间好像隔着什么，又好像缺少了什么。

直到自己也当了母亲，我忽然之间体验了做母亲的诸多艰难和不易，也忽然间懂得了母亲的心。当年那个不懂事的丫头一定伤透了母亲的心。

几年前，我生病了，母亲比谁都着急。

在她眼中我还是她那个脾气倔强的小丫头，而我依然嫌她嗓门大，嫌她太过紧张，但我感受到了她的爱，一个母亲对女儿最朴实最真切的爱。

母亲的爱一如她最爱喝的烈酒，热烈、辛辣、绵长……

## 5.

现在，我不再阻拦母亲喝酒了，还时常和她对饮，母女共饮也别有一番乐趣。如果这是她一生唯一的乐趣，我当然应该让她快乐。

母亲老了，身体还算硬朗，喝了酒不高兴了依然会骂人。

过年过节了，一家人围坐在一起把酒言欢，其乐融融。几个姊妹的酒量一个比一个好，喝高兴了大有母亲年轻时的风采，嗓门儿不自觉的就大了起来，兴奋地开始手舞足蹈。

母亲坐在一旁笑得合不拢嘴："你们几个女儿可真像我年轻的时候。"我们也戏说母亲："我们可是在你老人家肚子里就学会喝酒了呢。"

我发现其实我有很多地方和母亲极为相像，像她一样独立、倔强而坚强，像极了那个当年我最不喜欢的女人。

现在的我常常举起酒杯和老妈碰杯，相信在我们心里曾经的冰冻早已冰雪消融，春暖花开。

母亲，以后的日子让女儿陪你醉吧，陪你醉眼欣赏人生旅途的风景。也许醉眼朦胧也能体验到人生的另一种美吧。

干杯吧，母亲！我愿意成为你一样的如酒般热烈的女人！

# 父亲的谎言

## 1.

父亲节这天，被泰国的一则广告感动得热泪盈眶。

小女孩作文本上写了一段话给父亲：

“我的爸爸，是世界上最贴心的爸爸。我的爸爸，是世界上最帅气的爸爸。是世界上最时髦的，是世界上最聪明的，最善良的。他是我的英雄。

爸爸希望我学习好，爸爸很好很好，但是，他撒谎……

他撒谎说，爸爸有工作。他撒谎说，爸爸有钱。他撒谎说，爸爸不累。他撒谎说，爸爸不饿。他撒谎说，我们什么都有。他撒谎，他说爸爸很快乐……他撒谎，是因为我。我爱爸爸。”

虽然只是一则广告，却深深触动了我。

是的，每一个爸爸都是儿女心中的英雄。

是的，每一个爸爸都是爱撒谎的人。

父亲用谎言编织了一个充满爱的世界，没有风雨、没有伤害的世界。所有的风雨父亲一肩挑起，留给我们的是风雨过后的晴空万里。

因为有父亲，这个世界变得格外温柔。

## 2.

父亲的谎言，爸爸不爱吃。

小时候，生活条件还很艰苦，就靠父亲一个人的工资养活一大家人。大米不够吃的时候，就吃玉米面。可是玉米面比较粗糙，吃进嘴里满口钻，哪里比得上大米的香甜。

每当家里剩的大米不多的时候，父亲每次都会把大米饭留给孩子，自己却吃玉米面。

“爸爸，你怎么不吃米饭啊？”

“爸爸喜欢吃玉米面。”

偶尔，吃一顿肉，改善生活。父亲总是等孩子们先吃，然后捡起我们扔下的骨头啃得津津有味。

“爸爸，你怎么不吃肉呢？”

“爸爸喜欢啃骨头，骨头可香呢。”

小时候，所有好的东西父亲都不爱吃，我以为是真的。

长大以后，我想把所有好的东西给父亲，可是他吃不动了。

## 3.

父亲的谎言，爸爸不疼。

父亲有严重的胃病，从年轻的时候开始，一直折磨着他，痛苦不堪。

从我记事的时候起，父亲经常犯病。有时候深夜疼起来，父亲总是脸色苍白，任凭豆大的汗珠一颗颗滴落，咬着牙一声不吭。

每当这个时候，我都会惊恐不安。因为父亲带着我到城里读书，母亲远在老家，只有我一个人陪在父亲身边。父亲一病，就像山塌了一样，心里没有了依傍。

那个时候，听着父亲辗转反侧不能入眠的声音，心里总是恨不得替父亲分担一些痛苦，总是担心父亲要怎样才能熬过那漫漫长夜啊。

每每我问起，“爸爸，还疼不？”

父亲总是咬紧牙关，“爸爸不疼。”

小时候的我，只能看着父亲承受病痛的折磨，无能为力。

长大以后，我可以让父亲接受最好的治疗，但是我依然挽不回父亲衰老的脚步。

## 4.

父亲的谎言，爸爸没事。

父亲是一个最暖心的人，他总是怕给儿女添麻烦，小病小痛总是硬扛着。

有一次深夜发病，急得母亲团团转，他却始终不允许母亲给孩子们打电话。他说，“深更半夜的，就不要打扰孩子们了，我还扛得住，等天亮了再告诉她们吧。”

等到第二天，父亲疼得直不起腰，病情严重，马上送进了手术室。

从手术室里出来，父亲看着焦急万分的儿女们说，“别着急，爸爸没事的。”

躺在病床上的父亲，心里惦记的依然是儿女们。

我坐在病床边，看着不能动弹的父亲，感觉自己回到了小时候，还是个小女孩，心中依然惶恐不安。

小时候，父亲是一棵大树，为我洒下幸福的绿荫。

长大后，父亲是一种精神，是一种信仰，给我信心和力量。

## 5.

八十三岁的父亲，眼睛花了，耳朵听不见了。身体更是一日一日衰弱下去。

父亲成了医院的常客，病痛缠身，精神大不如前。

一日和父亲一起散步，父亲感慨地对我说，“人老了都免不了一死，你们都长大了，我没什么不放心的，就是你妈，我担心我走以后，她那个暴脾气，怕你们都受不了她呢。”

无论什么时候，都替身边的人着想，这就是我的父亲。

夕阳下，父亲的背影单薄而脆弱，一步步走入苍茫的夜色中。

岁月，请你温柔一点，迟暮的老人，再也经不起风霜雨雪。

父亲，请你慢一点，人生的最后一程，让女儿牵着你的手，慢慢走。

# 老爷子，我们都是你的孩子

他是一个孤寡老人。

他自己都不知道自己的名字，也不知道自己的年纪，我们村的人都叫他岳且，我们小孩子都叫他老爷子。

从我记事起，他的模样基本上没有太大的变化。矮矮壮壮的身材，黝黑的皮肤，沟壑纵横的脸庞，大大的塌鼻子。老爷子似乎从来没有年轻过，就连父亲都说，他初见老爷子的时候，老爷子就是现在这个样子。

老爷子没有亲人，从来都是形单影只。他似乎忘了自己从哪里来，要到哪里去。

那时候，父亲是村子里唯一有工作的人。那个年代，生活很困难，我们家的生活条件相对要好一些。老爷子常年在我们家吃饭，我们一家人都对他很好，吃什么都给他留一些。由于父亲常年不在家，老爷子常常帮助独自带着孩子的母亲干活儿，时间一长，老爷子就成了我们家的一员。老爷子是一把干劳动的好手，好像总有使不完的力气。村里谁家有事忙不过来，都会叫上老爷子帮忙。他也有求必应，和大家相处十分融洽。

老爷子特别喜欢小孩子。我家姐弟四人，都是老爷子背大的。他总是把孩子们背在背上，被孩子们指挥着方向，四处游玩。似乎这是他疼爱孩子们唯一的方式。任孩子们有多么的顽劣，他从来不会责骂孩子们。

我们村是一个偏僻落后的村子。那时候人们重男轻女的封建思想特别严重，连老爷子也受了影响。我家姐弟四人，大的三个都是女儿，只有老幺是儿子，我排行老二。妈妈告诉我，我出生的那天早晨，老爷子一早就来了。第一句话就问："是儿子还是女儿？"妈妈告诉他，是女儿。老爷子竟然撇了撇嘴，很不高兴地叹了口气。母亲说，那次她被老爷子气得不轻。我爸是个慈父，依然很宝贝我。而老爷子却直接表达了他的不满，弄得母亲哭笑不得。

虽然，老爷子对于我是个女儿，表达了强烈的不满。但是，他对我依然很好。在老爷子的背上，一摇一晃，我也长大了。我们家接着迎来了妹妹的到来，等到把妹妹背大了，弟弟终于出生了。弟弟是老爷子的最爱，老爷子疼他到了骨子里。每天背着弟弟到处玩耍，从来不舍得让他走路。大家都忙着干农活的时候，弟弟就骑在老爷子的背上，从村东头到村西头，田坎上，草地里，到处都是他们的游乐场。

我们姐弟四人，常常打打闹闹。最让我生气的事情，莫过于姐妹们嘲笑我鼻子大，像老爷子。看到我生气了，她们会笑得更开心："你就是老爷子的娃儿，鼻子和他一样丑！"常常气得我哭鼻子，"你们才是老爷子的娃儿！"从此以后，只要你想气谁，就说谁是老爷子的娃，保准气得她跳脚。

日子在打打闹闹中飞快的流逝。我长大了，走出了大山，到外面的世界读书去了。我们家举家迁到了城里，老爷子留在了表哥家。后来，老爷子又背大了表哥家的两个孩子。听表哥说，老爷子常常念叨我们姐弟四人的名字，说很想念我们。

其实，我们也很想念老爷子，不知道他还是不是当初的那个样子。不知道岁月是否对那个孤独的老人温柔以待。

当我们姐弟四人各自有了自己的孩子，我们终于有机会把老爷子接到城里来玩。老爷子老了，头发全白了，步履蹒跚。老爷子抱着弟弟家最小的孩子，爱不释手，就像当初抱着弟弟一样。

老爷子老了以后住进了养老院，养老院里有很多像他这样的老人。我想，他应该不孤单了吧。我们偶尔会去看望他，给他带上一些他爱吃的东西。走的时候再留些钱给他。虽然知道他拿钱没多大的用处，但是看着他收到钱高兴的样子，还是觉得只要他开心就好。

再后来，老爷子老得有些神志不清了，忘记了很多人很多事。但是，我们去看他，他仍然能一一叫出我们的名字。岁月无情，老爷子当初壮实的身板，如今成了风中的残烛，摇摇欲坠。

几天前，噩耗传来了。老爷子永远离开了我们。从此，家乡再没有那个让我们牵挂的老人。

那些年，老爷子背大的孩子们，都来给老爷子送行。

如果老爷子在天有灵，他一定笑了。他所有的孩子都来送他了。

# 女汉子的眼泪

小时候，以为你是一个身穿铠甲的女金刚，没有什么能够把你打倒。

长大以后，我成为了你，才明白为母则刚，才懂得你内心的柔软，才明白你所爱的人都是你的软肋。

## 1.

春风拂面的微笑，春雨润物的温柔，低声细语，优雅娴静，这是我心中母亲的形象。

不过，这是别人家的母亲。我的母亲，有着截然不同的画风。

我妈有一副大嗓门，人还未到先闻其声。走路带风，酒量大得吓人，爽朗的笑声可以把别人家房顶上的瓦片震落。一双大手，骨节分明，和人握手就像在和别人掰手腕，她不放手，你休想逃脱。

有我妈在家，家里热闹得像唱戏。她有本事像高音喇叭一样，一天到晚响个不停，不知疲倦。我妈是我家的灵魂人物，她只要一天不在家，家里就冷清得不像话。

我妈今年七十多岁了，但她从来不会认为自己是老年人。如果你以为七十岁的老人，一定是弯腰驼背，拄着拐杖走几步就喘气儿的老太婆，那你就错了。

有时候儿女们戏谑地叫她老太婆，她会拉着一张脸，“不准叫我老太婆，我有那么老吗？”“好吧好吧，叫你大姐，行了吧！”她会笑得像小孩子一样。

老妈是一个特别爱美的人，每天打扮得精神抖擞，穿的衣服都是鲜亮的色彩。她常常穿着鲜艳的花裙子，在女儿们面前像花蝴蝶一样提着裙摆旋转，“老妈年轻吧，漂亮吧？”

唉，我有一个奇葩的老妈，虽然七十岁了依然有一颗少女心。

这个不服老的女人，从来没有向生活低过头。她是一个身披铠甲的女汉子，没有什么事能够打倒她。

## 2.

小时候，家里很穷，只有父亲一个人微薄的工资，供养我们姐弟四人，日子过得捉襟见肘。

父亲带着我们姐弟在城里读书，母亲留在农村守着那一亩三分地。只有到了假期，我们才能回到母亲身边，帮助她做一些农活。

父亲常年不在家，家里全靠母亲。母亲像男人一样撑起了整个家。她可以像男人一样的挥舞着鞭子下田犁地，她可以端着大碗喝着烈酒，她可以一言不合就和男人摔跤，忘记自己是个女人。她虽然是一介女流之辈，但没有任何人敢欺负她。

母亲常常给我们讲起多年前的事情。那是一个漆黑的夜晚，外面下着大雨。独自在家的老妈听到了异常的动静儿，她打着火把出门查看，发现家里的那只大红公鸡被人偷走了。我妈连夜冒着雨，跟踪雨地里的足迹，找到了被人藏在树林里的大公鸡，邻居们都很佩服我妈的胆量和勇气。母亲就是这样一个天不怕地不怕的女人。

相聚总是短暂的，一到开学父亲就会带着我们离开家，这个时候，家里就剩下母亲孤苦伶仃的一个人。但是，每一次母亲都是洒脱地挥挥手，“去吧去吧，别回头！”母亲是个女汉子，她从来不会因为离别而多愁善感。

## 3.

年轻时的父亲，有着严重的胃病。有关小时候的回忆，记忆最深的大多都是父亲生病的场景。

有一次，在农村老家，父亲的胃病又犯了。连续几天，父亲粒米未进，彻夜呻吟，难以入睡。那个时候，交通不便，进城看病要走一天的山路，而父亲已经奄奄一息，经不起折腾了。

一家人束手无策，夜以继日守在父亲的病床前，到后来姐弟几个都忍不住哭起来。父亲拉着母亲的手说:“我要有个三长两短，你要好好把孩子养大……”还没有等父亲说完，母亲生气地说:“不要说这样的话，孩子们不能没有父亲!你要挺住，我是不会放弃你的！”

母亲转身进了厨房，她为父亲熬着小米粥，眼泪一颗一颗滴进了粥里。不知道是父亲的精神力量战胜了病魔，还是和着母亲眼泪的小米粥养好了父亲的胃，父亲的病竟然渐渐好转了。

那是我第一次看见母亲流泪，那个铁骨铮铮的女汉子第一次流下了眼泪。

原来母亲的内心深处有那么一块柔软的心田，为她所爱的人流淌着汩汩的爱的泉水。

## 4.

终于，我们姐弟四人都长大了，都能够自食其力了。原以为生活会越来越好，父母也可以安度晚年了，可是不幸的事接踵而至。

我生了重病，在省城医治了两个月，与死神擦肩而过。

母亲到楼下，接我回家。一把老骨头了，她却想要背我上五楼。她的手坚硬而有力，拽着我，传递给我一种强大的力量。

看着憔悴的女儿，一直伪装坚强的母亲，有些绷不住了。看着女儿受苦，她无能为力，只能向命运低头。要知道，直到现在，要是有谁欺负到她的孩子，她依然会撸起袖子和别人拼命。

我生病的时候，母亲从始至终，没有在我面前掉过一滴眼泪。她总是坚定地告诉我，没事的，会好的。

父亲悄悄告诉我，老妈躲着所有人一个人爬到附近的山坡上，放声哭了一场。

日子再苦再难都没有掉过眼泪的老妈，这一次为了女儿，痛哭失声。

## 5.

一年以后，大姐出事了。

大姐一直都在生意场上敢拼敢闯，不走寻常路。这一次，她结识了一些不务正业的朋友，被他们引诱走上了歪路，被一时的贪欲蒙蔽了双眼，失去了自由。

当我搀扶着母亲去看望失去自由的大姐时，大姐在铁窗内痛哭失声，而母亲强忍住了悲痛说："大姑娘，别哭。做错了事情，就要自己承担。好好改造，妈妈等着你出来！"

转过身，母亲老泪纵横。她深深地自责，"都怪我呀，是我没有教育好孩子啊！"

夕阳下，母亲的腰身不再挺拔，两鬓的黑发夹杂着银丝，步履沉重，就连滴滴落下的眼泪都是浑浊的。

我发现，母亲老了。

母亲熬过了食不果腹的苦日子，抵挡了岁月无情的侵蚀，却敌不过命运猝不及防的迎头痛击。

## 6.

母亲就如狂风暴雨之中，屹立不倒的那颗大树，牢牢扎根泥土，哪怕在风雨中折断了枝叶，依然能在阳光下重新焕发生机。

风雨总会过去，走过坎坷便是坦途。

今年，母亲七十岁，父亲八十岁了。

当儿女们推来七层的生日蛋糕，唱起生日歌时，儿孙绕膝的两位老人，脸上洋溢着幸福的笑容。

母亲身穿大红衣服，举杯畅饮，豪爽不减当年。

母亲依然是那个有着不老的少女心的老太婆，依然是那个身穿铠甲的女汉子，从来不向命运屈服。

# 老树和新芽

老爸是厨师，他做的菜堪称一绝。可是作为女儿的我，却没有传承老爸的手艺。

原因只有一个，从小被老爸宠上了天，老爸从来不让我进厨房。

直到嫁了人，当了妈妈，才学会了下厨，在柴米油盐里打滚，记不清多少次切菜切到了手指甲，多少次被滚烫的油溅到了手臂，到现在终于能做出像样一点的饭菜了。

原来媳妇熬成婆，这句话是如此的形象，是千千万万女性的真实写照。

自己有了小家庭以后，每天围着孩子转，大部分的时间和精力都放在了孩子身上，很多时候都忽略了父母。从小吃着老爸做的饭长大，我却难得为父亲煮一顿像样的饭。

总是忙着工作，忙着带孩子，忙着交际应酬，偶尔回一次家，父母总是做好饭菜，往我的碗里夹很多好吃的，总是怕我照顾不好自己，仿佛我是他们永远长不大的女儿。

直到去年，父亲病倒了，连续进了三次医院。好不容易病情稳定了，精神也大不如前。我才发现父亲老得连走一小段路都要喘气，再也不能像以前那样在厨房里忙进忙出了。

我心里一直想着要为父亲好好做几顿饭，多陪陪他。假期里，终于有时间带着孩子回家了。

小小的家，曾经养育了四个子女，小时候一直到出嫁前，四姐妹都生活在这个小小的家里，那个时候一点都不觉得拥挤。后来，哪怕已经参加工作，周末也会急着回家去，因为知道家里有父母在等着自己。

而今带着孩子回到家，家里的陈设依然没什么变化，只是觉得曾经的那个家，变小了，只是等待子女回家的父母，都老了。

看到外孙回家了，老父亲格外高兴。父亲是一个慈祥的老人，孩子们都跟他特别亲。

儿子和外公手拉着手，知道外公听力不好，儿子凑到外公的耳边问："外公，你的身体感觉好一些没有啊？"

外公连连点头，"晨晨乖，外公好多了。你好好读书，等你读大学了，外公给你钱到大城市去读书。"

儿子和外公头挨着头，"外公，等我长大了，我挣钱养你！"

站在一旁的我，看到这样的画面，心生感动。

父亲干涸如老树枝的手握着儿子胖乎乎的小手，沟壑纵横的脸颊旁是儿子娇嫩红润的脸蛋。犹如老树和新芽一般，对比那么鲜明，却又相映成趣。

脑海浮现出一首歌：

门前老树长新芽

院里枯木又开花

半生存了好多话

藏进了满头白发

时间都去哪儿了

还没好好感受年轻就老了

生儿养女一辈子

满脑子都是孩子哭了笑了

时间都去哪儿了

还没好好看看你眼睛就花了

柴米油盐半辈子

转眼就只剩下满脸的皱纹了……

是啊，时间都去哪儿了？一转眼父母就老了。我的脑海里常常浮现出父亲带着我和姐姐，跋涉在蜿蜒曲折的求学路上的情景。

那时候的父亲，意气风发，坚毅如山。

时光匆匆，如白驹过隙。四个儿女长大了，重重的责任把父亲的背压驼了；孙儿长大了，时光的年轮碾过父亲的脊背，父亲的背再也直不起来了。

父亲老了，他的血脉流淌到了儿女和孙子们的身上，他的希望也种植到了孩子们的心里。

春天来了，我牵着孩子的手，孩子牵着外公的手，我们一起走在春天的路上。

路旁的树木下落满了枯黄的树叶，树丫上已冒出了新芽。树叶落了，来年还会发芽，人老了，儿女就是希望。

迎着风，风里已经有了暖意。

冬天过去了，天暖了，父亲的病有好转了。

春天来了，埋藏在心底希望的种子也发芽了。

# 父亲的拐杖

父亲老了以后，越发固执，像一个老小孩。

母亲给他买的东西，他都不要。嫌弃母亲给他买的衣服太鲜亮，扔在衣柜里怎么都不肯穿，嫌弃母亲做的菜难吃，时不时要小孩子脾气，嫌弃母亲不会讲价，买东西总是买得很贵，偶尔耍耍小性子。

有一天，母亲向我吐槽，“那个倔老头，给他买了一根拐杖，他就是不肯用，走路都颤巍巍的了，我怕他哪一天摔倒就麻烦了。”

“老爸为什么不用拐杖啊？”我有些不明白。

“去年他说他还能自己走，用不着拐杖，就是不服老，今年哮喘更加严重，走路都吃力了，他又说我买的拐杖太沉了，说什么都不肯用。”母亲的大嗓门咋咋呼呼从电话中传来。

我不禁哑然失笑，难不成年轻时为人和蔼，善解人意的父亲，老了居然变得像“苏大强”那么作了？

周末抽空回家，给老爸买来了新拐杖，才发现老妈买的拐杖是木质的，上面雕刻了花纹，看上去挺精致，我拎了拎很轻巧啊。

我拿出自己买的拐杖，“爸，试试怎么样，看看顺不顺手。”

父亲试了试我买的拐杖，直点头，“嗯，不错不错。”

一旁的老妈直撇嘴，“你闺女买的什么东西都是好的，我买的什么都不好！”

“女儿买的就是好！”父亲和母亲像往常一样拌嘴，看着父亲心满意足的样子，我忽然懂得了父亲。

父亲哪里是需要拐杖，他是需要陪伴啊。

曾经在这小小的房子里，有四个嗷嗷待哺的小鸟，叽叽喳喳很是热闹。如今，小鸟们羽翼丰满，飞向自己的天地，只剩下一座空巢和两个再也飞不动的老家伙，落寞而空寂。

但是我知道，飞走了的小鸟，折翼的时候，受伤的时候，依然会回来寻找温暖和力量。哪怕这个巢穴已经破旧，但是依然具有非同凡响的力量。

这破旧的巢穴满满的都是往日的欢歌笑语，盛满了旧日的时光，就如斜照进窗台的那一缕暖阳，暖着两个守着空巢的老人的心。

我有些感慨，时光赋予我们的那些曾经的美好，在不经意间都已改变了模样。

曾经的父亲有着最坚强的臂膀，背着我翻山越岭，跋山涉水；曾经的父亲有着最灵巧的双手，不仅有一手好厨艺还会缝缝补补的针线活儿；曾经的父亲有着最强健的步伐，走过最难走的山路，丈量过最深的峡谷……

如今衰老了的父亲，端起碗手都会颤抖，走一小段路都会喘不过气，就如快要落山的残阳，生命在渐渐坠落，无可挽留。

人生真的很奇妙，曾经沉默坚韧如大山一般的父亲，现在就如一个孩童，时不时闹着小孩子脾气，渴望博得孩子们的关注和陪伴。

晚饭后，我陪着父亲散步。父亲拄着我给他买的拐杖，缓慢前行。我伸手去搀扶他，他却倔强地说，“不用扶，我自己能走。”

父亲拄着女儿买给他的拐杖，就如握住了女儿的手，走得似乎更加有力量。曾几何时，父亲是女儿心里的精神支柱，而现在，女儿成了支撑老父亲的精神力量。

我看着夕阳余晖下的父亲，拄着拐杖颤巍巍走着，父亲羸弱的、佝偻着的背影染上了一层夕阳的光晕，像一幅永不磨灭的光与影构成的画面，篆刻在我的心上。

我们每一个人都走在这一条归去的路上，生老病死是我们无力掌控的，但是此时此刻，每一个当下却是我们能够牢牢把握的。

至少此刻，我是幸福的。父亲还在我的身边，还能够在夕阳里陪着父母双亲闲话家常，感受从心底流淌出的温暖。

也许多年以后，我还会想起此刻的情景，此刻父亲的背影，此刻温柔的夕阳，此刻心底的温暖，此刻汩汩流淌着的幸福。

但愿那时，所有的记忆都是美好，没有遗憾。

# 儿女与父母的缘分，就是一场辜负

隆冬时节的寒风，对于羸弱的老年人来说，是一场生死攸关的考验。寒流刚至，父亲弱不禁风的身体又病倒了。

周末回家看望病情反复的父亲，一进门，看见精神萎靡的老父亲，瑟缩地坐在沙发上。又瘦又小，像一个被欺负了的无助的孩子。

小小的房间，一屋子冷寂的空气。

我挨着父亲坐下，握住他的手，一双冰凉的瘦骨嶙峋的手。心忽地抽痛，上前大声凑在他耳边询问他，“今天感觉怎么样？”

“我没事。”他摇着头说，“不要担心。”这应该是他生病以后，最常对我说的话了。明明他连起床翻身都感到吃力，明明他浑身疼痛睡着了都忍不住呻吟，他还是说，我没事。他总是怕我担心，怕给我添麻烦。

我看见桌上放着两碗白粥，这就是父母的午餐？心里翻涌而上的难以言说的滋味，让我忍不住红了眼。

“怎么就吃白粥啊？”我问母亲。母亲历来是无酒不欢，无肉不欢的人啊。冰箱里放着满满的的肉，他俩却喝一碗清粥。

“你爸吃不下东西，只能喝粥。我也懒得弄了，就跟着你爸喝粥。”她摇摇头说，“人老了没意思，什么都吃不了，有钱也没用。”

是啊，人老了，生活的要求变得很低，能喝碗粥，能睡一个好觉，能自如地行走，就是一种幸福。

天气寒冷，我买来了暖和的毛毯给父母铺上，把热好的电暖袋放在父亲怀里，再三叮嘱母亲每天炖点肉汤给父亲喝。

对于久病的父亲，我不能时时陪伴左右，我只能用自己的方式，来减轻自己内心的不安。我只是希望父亲能等等我，等我的孩子毕业了，我就可以守在父亲身边了。

但是，我心里明白，父亲恐怕是等不了了。

想起自己小时候，得过一场肺炎，因为小时候很少生病，所以记忆特别的深。由于身体不适，我整夜整夜哭闹不止，父亲不得不一整夜把我背在背上转悠，直到我哭累了睡着了。

那个时候，父亲白天除了上班，还四处寻医问药，找来一些中草药天天为我熬药。晚上衣不解带地照顾生病的我，被我闹得好几天都没有睡好觉，到后来，我的病是好了，父亲却累倒了。

从小到大，我虽然是穷人家的孩子，却是父亲捧在手心里的宝。长大以后，他还是会时时担心和牵挂我。直到现在，他还是那么心疼我，小病小痛总是忍着，怕我担心怕我劳累。

父母对于孩子爱，是一场马拉松，没有终点。但是对于父母，我们所做的一切都那么微不足道。

离开父母家时，天色已晚。一边有儿子需要养育和陪伴，一边有年迈的父母需要照顾。人到中年，你会明白，肩上的责任很重，生活并不那么容易。

儿女们都有自己的事情，为了工作，为了生活，为了自己的小家庭和孩子，平日里照顾父亲的责任就落在了母亲的肩上。为父亲按摩，给父亲熬粥，牵着父亲散步……

勤劳了一辈子的父亲，不是在厨房里忙碌，就是在屋后那块菜地里忙碌的父亲，现在终于歇下了，忙不动了。而享了父亲一辈子福的母亲，从不做饭的母亲，晚年承担起照顾父亲的责任。

儿女们不在家的时候，老两口就互相照顾。去年，身体硬朗的母亲，因为牙疼脸肿起老高，什么都吃不下，病倒了。

老父亲每天佝偻着身子，给母亲烧水、熬粥，照顾母亲，母亲曾经对我感叹，老伴儿，老伴儿，老了就是一个伴儿啊。

弟弟家房子大，大家都劝说父母到弟弟家去住，人老了有子女在身边，有个照应。可是，固执的父母总是不愿意，一来是住在自己的小房子里一辈子了，习惯了；二来是怕给孩子添麻烦。

母亲有一次对我说，我们两个老人守着这个小家，你们儿女们就有家可以回，如果我和你爸不在了，你们就真的没有娘家可回了。一番话，说得我泪目。

离开父母家，迎面扑来冷冽的空气，远处传来鞭炮声。那是小城里一对老人双双去世，从葬礼上传来的声音。

听说这对老人是因为在室内炭火取暖，一氧化碳中毒双双去世。离开人世时，儿女都不在身边。

忽然懂得，这世间没有什么来日方长，很多人都是乍然离场。你以为岁月还长，你以为可以等以后慢慢回报，可是转身已是天各一方，天涯路远。

那一声声鞭炮声，犹如一声声哭诉，随着寒风传来，宣告着生命的消逝，传递着生者的哀思。

这世上，最怕的是来不及。来不及表达爱，来不及陪伴，来不及回报。

我知道，纵然我竭尽所能地回报，依然远远不够。

这世上，所有的儿女对于父母，都是一场辜负。

# 打开命运的盒子

什么叫命运无常，三十五岁之前，我不懂得。

人到中年，看多了聚散离合，见惯了生老病死，经历了人生起伏跌宕的困境，才体会到什么叫命运无常。

即使你不愿意，也不得不面对离别，而有的离别，一别就是永远。

最近一两年的时间，大伯和大伯母相继离世，大伯的离世对年迈的父亲来说是一个不小的打击，同龄人一个个离世，父亲感受到前所未有的孤独和落寞，感受到死亡越来越浓重的阴影。

过了八十岁，父亲忽然间就衰老了。

就像失去水分的大树，失去了生机和活力，颤巍巍地立在秋风之中，仿佛一不小心就会倒下。

## 1.

两年前，父亲还能在屋后的那一小块地里劳作，种出香甜的玉米棒子，把劳动的果实送给子女们分享。

可是不到两年的时间，父亲就急速地衰老，现在就连上楼梯都很吃力了。一直都闲不住的父亲，不得不困守在家里，行动、语言、思维都变得愈加迟缓。

亲眼见到自己所爱的人渐渐衰老，是一件很残忍的事情。

今年一年的时间，父亲三天两头进医院，吃药打针成了家常便饭。

父亲第一次住进医院，医生告诉我，父亲的身体器官在衰老，像他这样的慢阻肺的病患，不可能痊愈，病情只会一次一次加重，直到最后再也走不出医院。

那一次，我背着父亲悄悄地哭了。

虽然我知道，父亲总有一天会离开，但是我希望能够多一天，哪怕多一天的陪伴也是好的。不得不直面死亡，我内心依然是无所适从。

前几天，父亲的肺病又犯了，一向脾气温和的老父亲却像小孩子一样发脾气，不肯去医院看病。我知道，父亲的手上布满了针眼，吃药吃得反胃，他已经不愿意再折腾了。

可是作为女儿，我不能眼看着他就这样一天天衰弱下去，哪怕他已经一脚踏入鬼门关，我依然要在死神手里抢时间，挽留父亲离去的脚步。

我好说歹说，最后还是说服父亲住进了医院，父亲只是用沉默来表达他内心的不满。

看着沉默的枯瘦如柴的父亲，我心里隐隐作痛。我知道父亲活着已经是受罪，也许死亡对于他来说是一种解脱，可是，我依然自私地想把他留在身边，哪怕多一天也好。

## 2.

守在父亲病床边，心里有些难过。

我握着父亲的手，那双曾经强壮有力的手臂，变得瘦骨嶙峋，犹如干枯的树枝，毫无生机。我才发现，我很久没有这样仔细端详老父亲了。他竟然苍老得只剩下皮包骨头，轻得我都可以把他横抱起来。

这一次我是真的感觉到，这个给了我生命的人，我的父亲，将要走到生命的尽头了。

可是，哪怕他时时承受病痛的折磨，哪怕他知道自己时日不多了，父亲依然会安慰我，没事的。

父亲是一个热爱生命的人，在他八十岁寿宴上，他笑着对儿孙们说，我争取再活十年，就可以看到孙子们长大成人了。

可是，今年八十三岁的父亲，在医院进进出出几次病情依然不见好转之后，他预料到时间不多了，自己悄悄安排身后事，但在孩子们面前，依然说，别担心，我没事的。

这一次入院检查，医生告诉我父亲身体检查的结果，除了肺部器官不可逆的衰竭以外，父亲的脑部也在渐渐萎缩。其结果会导致反应迟钝，动作迟缓，甚至偏瘫，口齿不清，丧失记忆，最后痴呆。

现在的父亲，虽然眼神浑浊，听力下降，但是他还能感受到孩子们对他的关心和爱，还知道体谅和安慰孩子们，如果他连自己的孩子都不认识了……

现实，真的很残酷。

## 3.

因为感受到父亲陪伴我们的时间不多了，心里总是有些惶恐不安。

医院里，有新生的婴儿在有力地啼哭，也有衰老的生命悄然离去。

生命既强韧又脆弱，既美好又残酷，既充满“柳暗花明又一村”的希望，又充斥着“无可奈何花落去”的遗憾。

傍晚，我挽着父亲的手在病房外散步。

深秋时节，夕阳余晖从窗户洒进来，有一种带着伤感的暖意，萧瑟的画面竟然透着一种无以言说的美的意境。

不记得在哪一本书里读到过的句子从脑海浮现：

也许死亡令人恐惧，但它不是生命的终结，而是另一种新的开始。

人死后并不会消失，而是会以更深刻的方式留在生者的生命里。

我忽然觉得释然了，一直以来埋藏在心底的恐惧不安，此刻轻轻放下了。

此刻的陪伴，何尝不是一种幸福，见证父亲的老去，又何尝不是一种幸福。

人生的种种难题，都是伪装过的礼物，当你打开命运的盒子，剥开盒子外丑陋的外衣，你会发现，每一个盒子都是命运馈赠的礼物。

当生命走到了末路，就让我们体面地、有尊严地为他送行。能为自己所爱的人送行，那也是一种福分。

我知道，无论生死，我深爱的父亲都会一直活在我的心里，这足以抵御失去挚爱亲人的痛彻心扉。

在这个夕阳浅照的秋日，面对命运的盒子，我已经有了打开的勇气。

## 第五辑

# 离别的笙箫

# 天涯路远，今宵别梦寒

二零一九年的冬天，很漫长。

对于年迈的父亲来说，冬天是最难捱的。冬日寒风的侵袭下，父亲的哮喘越来越严重。

父亲穿着厚厚的棉衣，手脚依然冰凉，他行动困难，只得拄着拐杖。他说，年轻时太苦了，寒气浸入骨髓，浑身的骨头都是痛的。

其实，父亲是病了，病入骨髓。可是，我们都不知道，父亲忍着痛已经很久了。

父亲忽然病重，他陷入昏睡，只有大声在他耳边呼唤他，他才会无力地抬一抬眼，眼神浑浊，没有焦距。

父亲睡得很香，还打着呼噜。一旁的医护人员还在笑他，老爷子睡得真香啊。那时候我们还不知道，父亲是想要长眠不醒了。

是我太愚钝，我以为这一次会像往常一样，可以用药物挽留父亲的生命，我以为父亲病怏怏的身体还没有到油尽灯枯的时候，我以为父亲还能陪儿女们一段时日，我以为生命在离开之前，会有征兆。

这一切只是我以为，是我始终不愿意面对父亲就要离开的事实。

眼看着父亲陷入昏睡，看着他意识越来越迷糊，看着他呼吸渐渐衰弱，是把父亲送进医院救治还是带回家？送进医院，会不会有可能出不来？我知道在生命最后的时刻，父亲是不愿意呆在医院里的。心里矛盾万分，最终，几个子女商量一番还是决定，哪怕有一线希望也要救治父亲。

当我摇醒昏睡的父亲，在他耳边告诉他，“爸，送你进重症病房呆两天，有医生会照顾你，我们就在外面守着你，好不好？”我是想问问父亲的意愿。

一直昏睡的父亲，此刻有些清醒了，“我的病有这么严重了吗？”他问，然后点了点头。看到忍不住流泪的我，父亲浑浊的眼睛泛起了泪光。

父亲被推进了ICU病房，他在病房里，我们守在病房外。漫长的黑夜，父亲在里面熬着，我们在外面熬着。

第一天晚上平安度过，输血稳住了一直往下掉的血压，生命体征平稳，我一直悬着的心放了下来。

第二天下午，视频通话看见父亲精神好了很多，他还和儿女们每一个人都通了话。我对父亲说，“爸，明天你的病情稳定了，我就带你回家，你要坚持住，我们都在外面陪着你。”

父亲眼圈红了，他点点头，又摇摇头，嘴里口齿不清地说着什么。但是我是懂的，他点头是说好，摇头是要我们不要担心。

看着孤零零躺在重症监护室的父亲，我心疼得难以抑制。没有办法守在他身旁，我只能在心里隔空喊话，父亲，坚持住，你一定要坚持住啊！

我相信父亲一定听见了，只是他太痛了，他老了累了，他是真的想要走了。

下午都还神志清醒和儿女们通话的父亲，晚上忽然呼吸困难，气若游丝。

我冲进重症监护室，看着父亲身上插着的管子，手上绑着的带子，我心疼得心神俱裂。我颤抖着胡乱解开父亲手上的带子：“爸爸，我们回家，我带你回家！”

回家的路，那么长，仿佛没有尽头。夜那么黑，没有一点星光，眼泪洒了一路。

父亲插着呼吸管，我手里按压着呼吸气囊，维持父亲微弱的呼吸。手已经酸软了，还是不敢停下片刻，父亲，如果女儿这样做能维持你的生命，女儿哪怕按一辈子也是愿意的啊。

气若游丝的父亲，时不时昏迷过去，呼吸微弱得让人感觉不到。我凑到他耳边呼唤他：“爸，不要睡，坚持住啊，妈妈还在家等着你，我们马上就到家了。”

父亲听到我的呼唤，又醒了过来，微微睁开眼，然后乏力地闭上。

终于到家了，亲人儿女们围绕在身边，父亲睁开眼环视一圈，想要说什么，可是说不出话来了。

我亲吻父亲的额头，爸，我们到家了，不要怕，我们陪着你。小时候，都是你告诉我不要怕，现在，我要告诉你，不要怕，孩子们都在你身边。

在满屋亲人的目送中，在儿女的怀抱中，父亲安详地闭上了眼睛。没有痛苦，没有挣扎，父亲走完了他的一生，他累了，想要歇息了。

冬日的夜晚，更深露重。父亲，要一个人上路了。人生的路途，父亲走到了终点。而今，又踏上了新的征程。

死亡既是终结，又是新生。

送别父亲这一天，是一个晴朗的日子，天空高远，阳光和煦。我看了父亲最后一眼，他安详地睡着，还是那么慈祥和蔼。

父亲，所有的亲人们都来送你了，你在天有灵一定也是欣慰的吧。也请你，不要为了你那不能来为你送行的大女儿，感到遗憾，她也在遥远的地方流着泪默默为你送行。

让我最后再叫你一声吧，亲爱的爸爸，此后再没有人回应我了，此后我就是没有父亲的孩子了。

但是我知道，我并没有失去你，你回归黄土回归了大自然。

今后的日子，每一缕微风，每一颗雨滴，每一朵花开，每一片新叶，都是你，你就在我们心里，你就在我们身边，从来未曾离开。

父亲，天堂没有病痛，回归黄土是最好的归宿。

父亲，从此天涯路远，一路走好！

# 离别的笙箫

冬天，是一个离别的季节。

萧瑟的冬季，寒冷的风，苦涩的泪，失去的悲恸交织在一起，这就是生离死别的滋味。像一杯最苦涩最浓烈的酒，还未咽下就被呛出了眼泪。

爱过知情重，醉过知酒浓，尝过离别的滋味，面对过生死，才听得懂那离别的笙箫，那催人断肠的旋律。所有人都在哭着唱着：走吧，走吧，不要牵挂，走吧，走吧，不要徘徊……

那条不归路上，走着的是我们最爱的人，可是我们不能挽留，不能追赶，只能站在原地目送他越走越远，直到永远消失……

二零一九年十二月十八日，深夜电话响起，令人心惊。医院来电话说父亲呼吸困难已经上了呼吸管，刚从医院回到家的我、老公、小姨，来不及给儿子交代什么，惊慌失措地又朝医院狂奔而去。

父亲病危，一家人都在医院照顾父亲，家里只剩下独自在家的惶恐不安的儿子。

儿子被大人紧张的情绪感染，不停打电话追问，外公怎么了？我无心多说，只是嘱咐儿子自己照顾好自己，爸爸妈妈要陪护病重的外公。

儿子一定感觉到了什么，电话里声音听上去可怜兮兮，我只好给他打气，“你是男子汉，现在外公需要妈妈，你要照顾好自己，你是妈妈坚强的后盾。”这样深夜把儿子一个人扔在家里，心里有些不安，可是我顾不上那么多了。

把命悬一线的父亲，从医院送回家，已经是第二天凌晨。凌晨零点五十八分，呼吸衰竭的父亲永远地离开了我们。

亲眼目送生命的消逝，骨肉亲情诀别的悲恸，没有经历过的人不会懂得。眼睁睁看着最爱的人离开，自己无法挽留，这种天人永隔的无奈令人痛彻心扉。在场的亲人们无不落泪，两个小侄子，守在爷爷床边，哭泣着不肯离开。

儿子独自留在家里，没有看到外公最后一眼。想到他还在上学，没有敢告诉他外公去世的消息，但是他早有了不详的预感。他总是在电话里追问，为什么还没有治好就把外公送回家了？

姨夫去接儿子和小姐姐的时候，告诉了他们外公去世的消息。两个小孩很久没见面了，以往见面有说不完的话，这一次四十分钟的车程一句话都没有说，只是悲伤地沉默着。

到了灵堂，远远地看见儿子走过来，他走到我身边拥抱着我低声啜泣，“妈妈，你一定很伤心吧。”母子连心，儿子一定是有感应的。

“走吧，儿子，我们去送送外公。”我拉着儿子的手，来到外公遗体旁。儿子哭得稀里哗啦，身后的小姐姐也痛哭失声，弟弟妹妹们也跟着哭起来。在场的人，都被这些孩子打动，纷纷落泪。

父亲是一个最慈祥的老人，他是最疼爱孙儿们的，他也是孩子们最爱的外公。外公永远地离开了，孩子们怎能不为他悲伤哭泣呢？

“孩子，别哭。外公病了，他太痛了，他累了。你看，他睡得好安详，他是到天堂去了。”我安慰着哭泣的孩子们。

“可是，我都还没有好好陪陪外公呢。”儿子哭着说。

“没关系，儿子。妈妈陪着外公就和你陪着他一样，你还有外婆，还有奶奶，今后好好陪她们吧。”我擦掉孩子脸上的泪水对他说。

是啊，这世上最遗憾，就是还没来得及陪伴。

还记得外公和孙子相互依偎的画面，就像沟壑纵横的老树和鲜绿的新芽，相映成趣，那时爷孙俩的对话如今还记忆犹新。

孙子说，外公，等我长大了，我挣钱养你。

外公说，好啊，乖孙儿，等你考上大学了，外公给你钱去大城市读书……

那感人的画面还历历在目，可是，外公再也等不到那一天了。

这是儿子第一次面对死亡，面对离别。成长的过程伴随着阵痛，有欢笑有幸福，也有痛苦和眼泪，有着人生的千百种滋味。

《寻梦环游记》里曾经这样描述死亡：

“真正的死亡是世界上再没有一个人记得你。人的一生，要死去三次。第一次，当你的心跳停止，不呼吸时，你在生物学上被宣告了死亡；第二次，人们穿着黑衣出席你的葬礼，他们宣告，你在这个社会上不复存在，你从人际关系网里消失了；而第三次死亡，是这个世界上最后一个记得你的人，把你忘记，于是，你就真正地死去，整个世界都不会和你有关。”

所以，我们深爱的人，不会死去，他会永远活在我们心里。

孩子们，让我们送外公最后一程，可以尽情哭泣，但不要太过悲伤。学会面对生死，是人生必不可少的课程，学会在痛苦中成长，也是人生的必经之路。

活着，就请拼尽全力好好活，离别的时刻，也要体面从容，含泪微笑。

此刻，离别的笙箫已经吹响，让我们和亲爱的外公做最后的告别吧。

此后，天上多了一颗星星，那是外公注视你们的眼睛。

# 孤单的飞鸟

父亲走了半个月了，留下孤单的母亲。以前那么傲娇的老太婆，一下子失去了原有的气势。

昨夜，一直习惯晚睡的我，因为有点感冒早早地睡着了。夜里，手机铃声突兀地响起，我一下从梦中惊醒，拿起手机一看，是老妈打来的，再看时间接近凌晨一点了。

我一下子睡意全无，“你怎么了，老妈？”

“你在哪里啊，女儿，我听见我家后面的马路上有一个女孩子在哭，我怕是你在哭啊……”

我无奈地说，“妈，我已经四十岁的人了，不是在马路边哭泣的女孩子了，你安心睡吧，没事的。”

老妈唠叨半天以后，才挂断电话。而我，睡意全无。

老妈深夜的电话背后，一端是她的长夜无眠和无所适从的心；另一端是女儿忐忑不安的牵挂。

曾经读到过这样一句话，中年人最怕的是深夜响起的手机铃声。以前我不懂得，现在有了深刻的领悟。

我最怕的，就是深夜的电话。父亲走的那天，也是深夜接到医院的电话，赶到父亲身边，陪着他走完生命的最后一程。

父亲走了半个月了，母亲还是不习惯一个人独处。那个空空荡荡的房间，只留下形单影只的一个人。

孩子们轮番回家陪着她，可是热闹过后，她终归要面对自己独自一人的落寞。相伴五十载，吵吵闹闹也罢，互相照顾也罢，到头来就成了老伴儿，少了谁家都不完整，少了谁都会不习惯。

几天前，带着孩子回家陪母亲，煮了热腾腾的火锅，大家围坐在桌前，母亲喝着一杯小酒，感慨地说，“老头子，亲手送走了你，我心里踏实。人走了，就没病没痛了，你一定看见我们吃火锅了，你也是高兴的吧！”

母亲的脸上没有悲伤，有的是释然的神情。父亲病的时候，母亲像照顾小孩子一样地尽心地照顾他，母亲心里是没有遗憾的。

只是现在，一家人围坐在一起，最重要的位置却空了，父亲永远地缺席了。

我忽然记起之前曾经做的一个梦来，那时父亲还在世，我梦见桌上摆着父亲的碗筷，座位上人却空了，我一下子从梦中惊醒，心里狂跳。

原来，一切都早有预兆。

父亲走后，母亲夜里总是睡不安稳，她说夜里总是能听到声响，总是感觉内心忐忑。那么强势的母亲，到头来也成了一个没有安全感的孩子。

晚饭后，陪着母亲散步，母亲身体硬朗，步伐有力，她说，自从你爸爸病了以后，我就没有走过这么远的路了，只陪着他在楼下走走。

你以后要多走走，多锻炼，我对母亲说。

你父亲不在了，我一个人也不想走，母亲有些黯然。父亲不在了，有孩子们在啊，我回答。

我陪着母亲走在公园里，隆冬时节，草木萧瑟，公园里的湖水上笼罩了一层朦胧的烟雾，就像心里蒙着的淡淡忧伤。

公园的上空，盘旋着一只鸟儿，它停在柳树梢上，叫声凄厉，不一会儿，独自飞向苍茫的夜空。

我目送那只鸟儿的身影，一直到消失不见，再看看身边的母亲，没有父亲陪伴的母亲，犹如那只孤单的飞鸟，独自走进苍茫的夜色中。

## 你走以后，再无父亲节

父亲节到了，可是父亲已经走了半年了。

父亲走后，再无父亲节。

昨天又梦到父亲，他说，老二，我疼啊。我说，走吧，我带你去医院看病。可是，他怎么都不愿意。我心里一着急，醒了。

是父亲对我还有牵挂吧，醒来又是一场虚空，对父亲的思念如浩瀚的深海，暗潮汹涌。

想到父亲终于可以不痛了，不用再打针吃药了，想起他走时那张安详的没有痛苦的面容，心里稍许有些安慰。天堂里没有病痛，父亲，终于解脱了。

这世上，万事万物都有它运行的规律，生命的归期早已注定。任凭我们万般不舍，我们生命中那些珍贵的东西，注定都要失去。

余华在《第七天》的结尾写过这样一段话：走过去吧，那里树叶会向你招手，石头会向你微笑，河水会向你问候。那里没有贫贱也没有富贵，没有悲伤也没有疼痛，没有仇也没有恨……那里人人死而平等。

父亲，你抵达那个没有伤痛，没有爱恨的世界了吗？

世界依然平静而美丽，太阳朝升西落，一个生命的消逝，悄无声息。

生活没有什么改变，唯独女儿对父亲的那份爱，变得无处安放。

走在马路上，看到拄着拐杖的老爷子，单薄的身体，颤巍巍的步伐，像极了父亲的背影。忍不住想上前搀扶，忍不住泪湿眼眶。

忽然间，对路上走着的老年人多了亲切感，他们是谁的父亲啊，他们又是谁的爷爷呢。

慢点，慢点走吧，老爷子，你的儿女和孙子在家等着你呢。

路过楼下的药店，店员招呼我，“你上次看的那款呼吸机，元旦节打折了很优惠哦，你不来看看吗？”

伸手摸了摸那款呼吸机，原本打算买给肺功能不好的父亲的，还没来得及，父亲就走了，如今买给谁呢？

“用不着了，谢谢。”我红着眼，低着头走了。

商场里打折促销，看见一件老年人穿的棉衣，怕冷的父亲穿上一定会很暖和，刚想张嘴问价格，却一瞬间记起，父亲不在了，原来我是没有父亲的孩子了啊。

无意间翻开手机淘宝，发现购物车里自己选了好几款护理床，原本打算等父亲出院了，买给腿脚不便的父亲的，可是，父亲等不及了。

父亲还在世时，由于生活中繁杂事务以及孩子紧张的学业，我每次回到家总是匆匆忙忙，询问一下父亲的身体情况，闲话家常几句，就匆匆走了。原本打算，等孩子放假了，回家好好给父亲煮煮饭，陪父亲聊聊天，可是，再也没机会了。

父亲走后，怕母亲一个人孤单，回家看望母亲，母亲一脸微笑，笑声依然爽朗，依旧大方地发零用钱给孙子们。

小小的屋子，父亲一走，竟然空空荡荡，空寂无比。母亲守着这间小屋不肯离开，“你爸不在了还有我啊，你们还有家可以回啊。”

前几天，不放心母亲一个人在家，打电话给母亲，怕她在家触景伤情。母亲说，“今天是你父亲回来的日子，我在家等他。”

母亲是一个目不识丁的农村妇女，她很迷信。不一会儿，母亲打来电话，“你爸回来了，一定是你爸回来了。我正在祭祖的时候，有只鸟儿在窗外叽叽喳喳说话呢。”

电话那头，母亲声音欢快，电话这头的我却听得泪眼婆娑。

父亲临走之前，没有好好陪他说说话，让他孤单地躺在重症病房，是我心里最大的遗憾。

是我太愚笨，我没有意料到，父亲会走得那么急。还有很多爱没有表达，还有很多事想为父亲做，还有很多话想要对父亲说……

只有把这份遗憾深埋心底，把这一份未尽的爱，回报在母亲的身上，以弥补内心的遗憾。

我们总是想等以后，等以后有时间了再陪陪父母，为父母做一顿可口的饭菜，可是等到父母老了，吃不动了；我们总是说，等以后带父母出去旅游，可是父母老了走不动了；我们总是说，等以后为自己所爱的人做更多的事，可是明天会怎样，我们谁都不知道。

我们总是说以后，可是又有多少个以后可以等待？

人生的遗憾已经够多，不要再给自己后悔的机会。不要再等以后，因为爱，经不起等待。

又到父亲节，这个没有父亲的父亲节，心中感慨万千。

父亲，想要为你，千千万万遍。

可是，再也没有机会了。

# 回家的阶梯

那长长的阶梯，在昏暗的路灯下，像一条通往未知的道路，母亲一个人走在那条路上，我站在她身后，目送她渐行渐远。

看着母亲的背影渐渐模糊，只见她回过头朝我挥挥手，示意我赶快回家。然后，消失在阶梯的拐角处。

她孤独的背影写满了落寞，与浓浓的夜色融为一体，我转过身，忍不住掉下眼泪来。

我宁愿她像往常一样，大声地发脾气，狠狠地骂我，我也不愿意看她安静的孤独无助的样子。那样的神情，深深刺痛了我的心。

父亲走了，母亲没有了伴儿，强势了一辈子的母亲失去了底气，在命运面前败下阵来。

三年前，父亲身体还硬朗的时候，每次陪父母散步之后，他们会送我到我家楼下的岔路口，叮嘱我注意身体，看着我安全回家，他们才放心地离开。那时，有父母都健在，还有人疼爱。纵然自己已经人到中年，为人父母，可是在父母眼里，依然是他们没有长大的孩子。

现在想来，父母双全就是一种幸福啊。

两年前，父亲患了慢阻肺，身体开始衰弱，已经不能走太远的路了。偶尔，精神状态好的时候，我还是会陪着他走走停停，走到小城的广场上坐一坐。

回家的时候，我会送他们到阶梯口，看着两个老人互相搀扶，走过长长的阶梯，心里也会感慨，父母年轻的时候吵吵闹闹，五十多年过去了，他们依然陪伴在彼此身边，能够白首到老，是多么深的多么难得的缘分。

一年前，父亲的身体越发衰弱了，他已经没有办法走到小广场了，我们只能陪着他在楼下转一转。父亲拄着拐杖，母亲在一旁搀扶着，两个老人在夕阳下的背影，就像一幅晕染着夕阳色彩的油画，触动人心。那个画面，现在还会时不时在脑海中浮现。暮色中，两个老人回家的身影，既让人动容又令人心安。

如今，父亲走了。回家路上，只有母亲独自一人。陪伴母亲的，只有父亲曾经用过的那根拐杖。母亲说，每每看到那根拐杖，她就会睹物思人，情难自抑。后来，她只好把拐杖收起来。

母亲不愿意到孩子家住，她依然守在那个小房子里，那个小房子养育了四个孩子，如今人去楼空，孩子们飞走了，老伴儿走了，只剩下一个空巢，母亲独自守着。

母亲还在，家也还在，我还有家可以回。

现在，我常常陪着母亲散步，其实，不是我陪母亲，也是她在陪我。在我心情不好的时候，陪着母亲一路走一路聊，听她唠唠叨叨讲一些道听途说的新闻，听她万年不变的叮嘱，多吃饭，多穿衣，心情似乎慢慢就会释然。

都说，父母在，人生尚有来处，父母去，人生只剩归途。其实，我们都走在归去这条路上，尘世一场缘分，不过缘起缘灭罢了。

父母的缘分，兄弟姊妹的缘分，夫妻的缘分，母子的缘分，都不过一世罢了，喝了忘川水，一切渺无烟，下一辈子不可能再遇见。

母亲，你并不孤单，这一条回家的路，我陪着你走。

终使人生这一条路很难，最终我们都会走到终点，但是，不用太心急，这一路上风景我陪着你慢慢欣赏。

# 天边最亮的星

父亲走后，母亲的脾气更加古怪了。

我知道，母亲很孤独。父亲离世之前，最放心不下的就是母亲。

作为女儿，父亲离世后，更感亲情的可贵，时光的短暂。想要陪伴母亲，愉快地走完她人生最后的旅途。

可是，母亲的暴脾气让人头疼，她对我的误解和责难，常让我难过和伤心。被母亲气得流着泪走出家门已经记不清有多少次了，这份亲情里的苦乐和辛酸，没有人能感同身受，只有自己慢慢去体味。

上周周末，我是被母亲气跑了的。这个周末恰好是母亲节，母亲不识字，不懂什么是母亲节，我带着儿子回家陪她，她应该感受得到，女儿心疼她的一颗心吧。

母亲很寂寞，她那么喜欢热闹的人，现在常常形单影只，成了空巢老人。她发脾气的时候，你会觉得这个老太婆真是太气人了，她不发脾气的时候，又会发自内心的心疼她。

我买了一些母亲爱吃的菜，陪着母亲小酌两杯。母亲是无酒不欢的人，宁可无肉，不可无酒。母女俩心平气和地喝着酒，儿子也陪着我们碰杯。曾经的女儿，现在也变成了母亲，时光的流淌，赋予了生命更加厚重的使命和意义。

在和母亲举杯对饮的时候，我抓拍了一个镜头，身穿红衣的母亲，杯子正举到嘴边，豪爽的性格不言而喻。

手机里还保存着去年父亲生日的时候，我和父母的合影，我坐在父母中间，父亲一脸的慈祥，那时候还是父母双全啊，如今已经物是人非。

还有一张照片，是父亲走后过的第一个新年。那时候，每个人心里都还汪着泪。可是母亲却很飒，她手里叼着烟，嘴里吐着烟圈，头戴一顶红帽子，面前是一杯斟满的酒。那张照片里的母亲，透着一股不服输的倔强，睥睨一切的桀骜。

每一张照片的背后，都有着不一样的故事，定格在照片里的，都是难忘的回忆。记忆中的母亲，一直就是那么豪放不羁的形象。但是我发现，父亲走后，母亲表面的坚强已经掩饰不住她内心的脆弱了。她没有了父亲这个后盾，也就没有了底气。

离开家的时候，天色已经暗了下来，我和儿子还要坐车赶到市区的家。

暮色中的车，顺着江水奔驰，天边的山的轮廓变成了墨色，像一幅水墨晕染的山水画。

遥远的天边有一颗星辰，璀璨明亮，我忽然有些泪目。都说世上每去世一个人，天上就会多一颗星辰。那颗最亮的星，一定是父亲的眼睛，他在天上看着我呢。

耳机里放着歌，歌里唱着：

开 往城市边缘开

把车窗都摇下来

用速度换一点痛快

孤单被热闹的夜赶出来

却无从告白是你留给我的悲哀……

身边的儿子已经睡着了，头枕着我的肩，肉肉的手放在我的掌心。看着亲爱的儿子，心一下子变得柔软。

晚风吹乱了我的长发，这一刻像很有质感的电影镜头，有一点感慨，有一些释然，美好中带着点悲伤。

母亲一定是爱着我的吧，就像我爱着自己的孩子一样，只是她太过刚强不擅于表达。

我知道，对于孩子，每个母亲的心都是柔软的。

我再一次望向天边，那一颗最亮的星辰，总是在我迷茫的时候，给我温暖和力量，指引我方向。

晚风劲吹，眼里的泪已被吹干，心里的阴霾也被吹散。

在这个温柔的夜晚，卸下心中的负累，心无波澜，安然若素。

# 二丫头，啊杰洛（不要怕）

彝族有一首广为流传的歌，歌中是这样唱的：

风起了，雨下了

荞叶落了，树叶黄了

春去秋来，心绪起伏

时光流转，岁月沧桑

不要怕，不要怕，（啊杰洛，啊杰洛）

无论严寒或酷暑，不要怕，不要怕

无论伤痛或苦难，不要怕，不要怕……

每每听到这首歌，总会泪湿眼眶，耳边回响的是父亲常对我说的那一句话：啊杰洛（不要怕）……

## 1.

我出生在一个闭塞落后的小山村，在七十年代，重男轻女的思想在彝族人心里根深蒂固。大姐四岁的时候，在大家的翘首期盼下，我出生了。见又生了一个丫头，亲戚们都掩饰不住失望，唯有父亲，依然把我当作宝贝。

那个年代，在我们那个村子里，只有男孩子才能上学，彝族女孩子的命运都是一样的，在家里帮助父母干农活，长大了就早早嫁做他人妇。父亲却在众人诧异的目光中，手里牵着大姐，背上背着年幼的我，带着我们千里迢迢到城里读书求学。

那一条求学的路，对于年幼的我来说，实在是太崎岖太漫长。我们备着干粮，翻越重重的大山，跨越无数的溪流，从清晨到日落，徒步一整天，才能到达小县城。

我常常望着仿佛没有尽头的蜿蜒的山路，举步维艰。精疲力尽的时候，一屁股坐在泥地里不肯起来。山太高了，路太远了，那是幼小的我难以企及的高度和距离。这时候，父亲会把背包挂在胸前，把我背在背上默默地前行，从不停下前进的脚步，只留下一个坚毅的侧脸给我。汗水从他的脸颊滑落，在阳光下闪着光，父亲仿佛是一尊发光的雕塑，沉默、坚毅、勇往直前。

有时候，走到日落时分，山里的树林变成黑黝黝的鬼魅般的存在，乌鸦的叫声令人心惊，我会惊恐地拉着父亲的衣角，不敢举步。这时，父亲总是拍拍我的头：二丫头，啊杰洛，有爸爸在呢。

再苦再难的日子，因为父亲的这一句，二丫头，啊杰洛，心里一下子变得温暖而踏实。

父亲常常对我说，万般皆下品，惟有读书高。在生活还很艰苦的年代，父亲把供养孩子读书当作最重要的事情。

在那个年代，很多人都不懂学习知识文化的重要性，不愿意到学校接受教育。那时候父亲的工作就是到偏远的山区，挨家挨户作动员，动员山区的孩子们到学校去读书。

后来，父亲和友人聊天的时候，说到小县城的每一个乡村，他都会乐呵呵地说，那里我去过，都是我的“脚颈窝”啊。

父亲对于教育的重视，不仅仅惠及自己的孩子，也影响了很多人的命运。

## 2.

我从小跟着父亲到城里读书，母亲留在农村守着几亩薄田。童年的时光里，父亲既是威严的父亲，又是慈爱的母亲。

父亲有着很严重的胃病，病重住院的时候照顾不了我，我就成了吃百家饭的孩子。我被父亲托付在学校大院里，好心的邻居和老师们轮流照顾我。年幼的我，心中早就懂得了生命的无常，尝到了失去的不安和恐惧。

也许是内心极度缺乏安全感，我常常会梦魇，常年做着同一个恶梦，梦里总是深深陷入黑暗的漩涡之中，哭喊着挣扎着，等到从梦中醒来早已泪流满面。每当这时，父亲就会守在我的床边，二丫头，啊杰洛，爸爸在呢。

父亲在灯下给我缝补着衣服，那昏黄的灯光和灯下父亲的剪影，让脸上挂着泪痕的孩子，安然入睡。

和父亲在一起的童年时光，是幸福的。虽然生活很艰苦，但是父亲用他的慈爱给了我无忧的时光。父亲会给我做香喷喷的鸡蛋饼，会把飘在菜汤里少得可怜的肉片夹到我的碗里，会给我梳小辫子，他的眼里总是充满溺爱，从来不会对我发脾气。

父亲的善良是长在心底的，他有着悲悯的胸怀，他对所有的孩子都是慈爱的。在那个缺衣少食的年代，父亲这个厨师，常常会“假公济私”，他会偷偷塞一个热气腾腾的馒头给食不果腹的穷苦学生，他会把锅底的饭锅巴捏成饭团，给那些忍饥挨饿的山里孩子。

父亲用他的善良，播撒下爱的种子，在幼小的我心里生根发芽。

## 3.

父亲总是那么气定神闲，那么温厚宽和，那么和风细雨，任何时候都会给你满满的安全感和稳稳的幸福感。

有一次参加重要的考试，慌忙之中忘记带准考证，中途折返回家，看着我慌张的样子，父亲一边安抚慌乱的我一边陪着我找，“啊杰洛，别着急。”父亲陪我找着了准考证，送我出门，父亲哪怕泰山压顶依然泰然自若的样子，让我一下子定下心来。父亲教会了我，沉着应对生活中突发的状况。

在我谈婚论嫁筹备婚礼的时候，刚参加工作不久的两个年轻人一无所有，因为买房婚礼等巨大的经济压力，焦虑不已。这时候父亲又对我说，“啊杰洛，有父亲在呢。”父亲拿出省吃俭用积攒下的钱给我买房，在父亲的资助下，我们拥有了自己的小家。

成年以后，我患了重病，我承受着身体的痛苦和心灵的迷茫，在我就快要丧失斗志的时候，父亲还是那句话，“二丫头，啊杰洛，你要相信爸爸的话，你没事的。”父亲的话给了我力量和信心，我扛过了最难熬的时光。

父亲是一座沉默而坚韧的山，也是最温暖的港湾，每当我彷徨失措，迷失方向的时候，他总会站在原地默默守护着我。

## 4.

在父亲七十岁那年，他病倒了。父亲夜里发病，为了不惊扰儿女们安睡，他阻止母亲给孩子们打电话，硬生生熬了一个晚上。等到第二天早晨，我赶到的时候，他已经痛得直不起腰了。

那一次的病很是凶险，必须要做手术。医生要我做好心理准备，七十岁的老人，很有可能下不了手术台。

那个时候，大姐远在乡下，弟弟妹妹出了远门，我独自守在父亲病床前，哭得像一个孩子。父亲拍拍我的头，还是那句话：二丫头，啊杰洛，爸爸没事的。

已经成年的我，仿佛回到了小时候，内心充满了不安和恐惧。在父亲面前，我还是那个没有长大的女儿。

当我步入中年，父亲老了。但是我依然会在心绪浮躁的时候，回到父亲身边，不需要说什么，只要看着他慈祥和善的面孔，心就会自然地变得安宁妥帖。

尽管自己已经为人妻，为人母，被生活磨砺出坚硬的外壳，可是回到父亲身边，我依然是那个被宠爱着的女儿，可以卸下坚硬的伪装。

无论这世界风雨再大，只要父亲在，心里就是安稳的；人生路上再多坎坷，只要有父亲在，就拥有无所畏惧的勇气。父亲，在我心里是一种信念，是力量的源泉。

## 5.

父亲八十岁那年，儿女们为他举办了一场生日宴。那张全家福里，身着红衣的父亲和母亲，儿孙绕膝，满脸幸福的笑容。

八十岁过后，父亲开始病痛缠身，迅速地衰老下去。

父亲病了整整一年，陪着父亲看病治疗，看着他一日日衰弱下去，我想要倾尽全力挽留他离去的脚步，却只能感受到无能为力的无奈和心痛。

父亲病重住进ICU病房，下午还和儿女们视频，那个时候他浑身插着管子不能动弹，已经很难受了，他还是对我们说：啊杰洛，我没事。

可是，就在那天夜里，父亲的病情急转直下，靠着呼吸器硬撑着从医院回到了家里。我一路呼唤着快要陷入昏睡的父亲，感受着他时有时无的心跳，心碎欲裂。

在父亲生命的最后一刻，他最后一次地睁开眼看我，想要说些什么，但是没有说出一句话来。

如果他还有力气，我知道，他一定想对痛哭流涕的我说：二丫头，啊杰洛……

以前一直是父亲对我说的话，此刻，换我来说了：父亲，啊杰洛，我们回家了，我们陪着你走完这人生的最后一程。

父亲弥留之际，我感受着他的手指慢慢失去温度，我用脸颊贴着他的额头，他的额头渐渐变得冰凉，父亲无力地闭上眼睛，陷入了永久的沉睡之中。

二零一九年的一个寒冷的冬夜，父亲永远地离开了。

从此以后，这个世界上，再没有谁会对我说：二丫头，啊杰洛。

有人说，人死了会变成天上的一颗星，守护着自己最爱的人。父亲走后，我常常仰望夜空，城市的夜空连星星都被云雾和尘埃隐去，天空总是灰蒙蒙的。可是总有一颗最亮的星，夜夜闪耀，让人莫名有一丝宽慰。

每个民族都有不同的丧葬习俗，彝族千百年来传承下来的是火葬。火葬是最亲近自然的一种方式，焚化之后的骨灰抛撒在竹林深处，或者高山深涧，彻底回归大自然，成为山间的一缕清风，山林竹叶上的一滴清露。

遗憾的是，每当最想念父亲的时候，想要去看看他的时候，父亲的身影已经无迹可寻，就连坟茔都没有留下。只能在心里默默想念，只能遥望夜空，想像父亲会在天上看着我们。

每当我遇到过不去的难关，我会望着天边最亮的那颗星辰对自己说：二丫头，啊杰洛……就如父亲还在我的身边，给我温暖和力量。

我知道，对一个人最好的纪念，就是把他放在心里。

父亲已经成为大自然的一部分，他无处不在。那天边闪耀的星辰，那洒满一地的清凉月光，那轻盈落下的雨滴，那拂过脸颊的清风，都是你吧，我亲爱的父亲。

你自归去，回首向来萧瑟处，也无风雨也无晴。

# 木棉花开

又是一年，木棉花开。

风里带着暖意，空气中已经有了春的气息，小城郊外的木棉树，绽放出朵朵鲜艳，在料峭的春风里妖娆。

小城的阳光依旧温暖，木棉花依然早早盛开，鞭炮声声充满节日的喜气，唯一不一样的是，父亲走了。

在家家户户阖家团圆的大年夜，举起酒杯，酒还没有喝下，就先红了眼睛。

母亲稳稳地坐着，父亲的座位空了。这是第一个没有父亲的除夕之夜，原以为伤痛已经平复，眼泪却来得猝不及防。

泪眼看天空绽放的烟花，以前只看到烟花绚烂绽放的夺目光彩，如今却发现烟花幻灭过后的一地灰烬。

生亦何欢，死亦何悲，我知道这是人生必经的过程，可是，不能释怀的悲伤，只有等时间慢慢去抚平。

作为女儿尚且如此情难自禁，我不知道母亲是怎么面对那一所空房子的。风雨人生路，相伴几十载的老夫老妻，如今孑然一身，形单影只。母亲独自守着那个空巢不愿意离开，每每想起，总是放心不下。

直到有一天在路上偶遇母亲，我不安的心终于放下。

那天的阳光很灿烂，远远地走来了一个老太婆，戴着一顶红帽子，焦糖色的大衣，黑色的裙子，带跟的黑皮鞋，挎着一个花团锦簇的民族风的包包，走路带风，气场强大。待她大步走近，原来是母亲。

母亲目不斜视，大步向前，没有发现来自马路对面的目光。我之前一直有些排斥母亲浮夸的装扮，可是这一次，我的目光里满是敬佩。我大声喊她，她回首看见了我，脸上挂着微笑，眼里透着坚定。

此刻，我仿佛看见了一朵盛开的木棉花，苍老的枝干上，绽放着红艳艳的花儿。

阳光下微笑着的母亲，犹如龙应台笔下描写木棉花的文字，让我惊艳不已："抬头一看，鲜红的木棉花，一朵一朵像歌剧里的蝴蝶夫人，盛装坐在苍老的枝头，矜持，艳美，一言不发。"让我惊艳的不仅仅是母亲脸上的笑容，而是她身上散发出的生命力，像一株山崖边的木棉树，自顾自野蛮生长，蓬勃而热烈。

父亲在世时病了一年，母亲尽心照顾，父亲走了，母亲盛装为他送行。现在，没有了老伴儿的母亲，独自精彩地活着。

母亲是一个不会低头认输的人，她从来就没有向生活低过头。

母亲年轻时，是村子里唯一一个挥着鞭子犁田的女人，也是唯一一个一言不合敢和男人单挑的女人，她的酒量大得喝翻几个大男人不在话下。母亲一直这样风风火火地活着，勇敢而无畏。

母亲什么都不怕，但是她怕孤单。父亲在世的时候，不懂什么是温柔的母亲，总是爱和父亲拌嘴，她的大嗓门总是压过父亲的声音，强势得不行。

父亲病了，大大咧咧的母亲也学会了照顾人，一粥一饭，无微不至，她常常搀扶着父亲，在楼下散步，两个老人相互搀扶的背影，常常让我感动。

父亲病重进了ICU，ICU病房的费用高得吓人，母亲说，不管花多少钱，哪怕倾家荡产，也要救活我的老头子。

然而，父亲还是没有挨过这个寒冬，他永远地离开了。母亲没有倒下，她看着悲伤而憔悴的儿女们说，你们的爸爸走了，还有我在。

对于父亲的离开，母亲是释然的，她说，我很满足，你父亲和我相伴五十载，有几对夫妻能相伴到老呢?

我曾经觉得爱喝酒，说话咋咋呼呼的母亲是最不靠谱的，可是这些年来，每每遇到大风大浪，这个不靠谱的母亲却像一根定海神针，永远屹立不倒，令人心生佩服。

冬天的木棉树，苍老的枝干，光秃秃的枝丫，以一种凛冽的无畏的姿态，兀自伸向天空。

木棉树褐色的干裂的树干，记录着雾霭、寒流、霜冻留下的印记，记录着时光雕刻的纹路，岁月留下的伤痕。但是只要空气中有一丝暖意，冬日里掉光了叶子的木棉树，立刻爆发出生机，最先绽放出夺目的花朵。

又到木棉花开时，我用仰望的姿态，望着那一树艳若云霞的花朵，心中充满了感动。寒冬已经过去，那一树火红，那一树蓬勃的生机，点燃了我内心生命的力量。

不低头，无惧无畏，以一种野蛮生长的姿势强悍地活着，这种力量，来自那棵高大的木棉，也来自我的母亲。

# 后记

这本书原本已经定稿的时候，父亲猝然离世。想到父亲已经看不到我的新书出版，很多为他写下的文字他再也读不到了，心中留下深深的遗憾。

在处理好一切事务以后，虽然心力交瘁，虽然万分悲痛，但是我依然坚持熬夜赶稿。那些还没有对父亲说完的话，已经没有地方可倾诉。这些话，我把它写进了书里。

我要把父亲写进书里，把这份哀思，把父女深情，用文字变成永远的存在。

在送别父亲以后，在经历了生死以后，我更加明白，生命是那么脆弱，这世上你所珍视的终会一一失去。所以拥有的时候，要倍加珍惜。我亦懂得，这世上没有什么感同身受，很多的伤痛只能靠时间慢慢抚平。我也再一次感受到文字强大的力量，唯有文字能够疗愈伤痛，给人以力量。

生命是渺小的，在这缥缈的宇宙，一个生命的消逝，就像一粒尘埃，不会留下任何痕迹。

生命是漫长的，漫长得有时会让人觉得再也等不到天亮，等不到明天初升的太阳。

生命也是短暂的，人生短短几十年，弹指一挥间，到最后你会发现，还有很多事情没有做，还有很多愿望没有实现，还有很多遗憾留在心里。

在这漫长而又短暂的一生里，值得铭记的太多太多。

记录下心中所思所感，是为了纪念。纪念已经逝去的人，纪念值得铭记的瞬间，不让今后悠悠岁月的烟尘，让它改变了颜色。

我要把这本书送给我逝去的父亲，送给我亲爱的儿子，送给我的爱人，也送给我所有的亲人和朋友。

所有的相遇，都是久别重逢。今生的相遇，一定是前世的缘分注定，我很珍惜。

纸短情长，不能表心中之万一，但我知道，你们都懂得。

乔燕

2020 年 1 月 16 日